罪なくちづけ

愁堂れな

幻冬舎ルチル文庫

CONTENTS ✦目次✦

罪なくちづけ

✦イラスト・陸裕千景子

✦カバーデザイン＝小菅ひとみ（CoCo.Design）
✦ブックデザイン＝まるか工房

罪なくちづけ

1

「おとなしくしていれば命までとろうなんて言わない。わかってんだろ？」

くちゃくちゃとガムを嚙《か》みながら俺に囁《ささや》いてくる男は、ほら、と胸を俺の背にぶつけるようにして俺を前へと促《うなが》した。さっさと歩けと言いたいのだろうが、足が竦《すく》んでしまってどうにもうまく歩けない。

「ほらぁ、人に見られんだろ？」

男の声に苛立《いらだ》ちが表れたかと思うと、俺の顔の前に再びそれが——光るナイフが近づけられた。

「早く歩けって」

思わず息を吞《の》んだ俺の背に、男はまた自分の胸をぶつけるようにしてそう促す。

俺は冷や汗をかきながら、もつれる足を必死で前に出そうとしていた。

どうしてこんなことになってしまったのかわからない。会社帰りに軽く同僚と飲んだあと、なんとか間に合った終電に飛び乗って最寄り駅まで帰ってきた。

家まで徒歩十五分、家の近所には蚕糸《さんし》の森《もり》公園という大きな公園があり、しばらく人通りのない真っ暗な道が続いてしまう。若い女性は決してこんな夜中には通らない道だが、幸い俺は男なので、たいして気にすることもなく毎日深夜にこの道を通って帰宅していた。

今日は飲み会だったが、普段の残業もかなり多いほうなのだ。たいていが終電か、悪くするとと会社からタクシーになる。最近は経費削減とうるさくてタクシー代もなかなか出ないので、仕方なくいつも終電に滑り込み、夜中にこの道をとぼとぼ歩いて帰るという毎日を、俺はここのところずっと送っていた。

今夜は結構酒が入っていたこともあり、注意力散漫になっていたのかもしれない。公園の前を通りながら自分とあまりにも近いところに人の足音を聞いたと思った直後、俺はいきなり羽交《はが》い絞《じ》めにされてしまった。

「なっ……」

さすがに驚いて声を上げそうになった俺の目の前に、何か光るものが現れた。それがナイフだとわかった瞬間、俺は思わず息を呑み、抵抗するのも忘れてその光を見つめていた。

「そう、おとなしくしてろよ」

男だった。俺は無抵抗を示すため、ゆっくりと二度首を縦に振ってみせた。

「歩け」

ナイフを持った片手を俺の胸の前に回すと、男は自分の胸で俺の背を押した。俺は何がなんだかわからぬままに、震えそうになる足を前へと進めるしかなかった。

男は俺を無言で公園の中へと誘導した。男の呼吸音と、くちゃくちゃとガムを噛む音がやけに大きく俺の耳に響く。公園内は無人だった。去年この公園で婦女暴行事件があって以来、深夜に出歩く者はめったにいないとは聞いていたが、ここまで無人だったなんて、と俺は誰にも助けを求められない自分の不幸を嘆いた。

一体この男は何者なのか、俺をどうしようというのか——明日からの大阪出張に備え、俺は財布にいつもより多めに金を入れていた。金は惜しいが命をとられるよりはよっぽどましだ。そんなことを考えながら、まだ俺は本当にこれが自分の身に起こっている現実の出来事なんだろうか、とどうにも信じられずにいた。

男はどうやら公園内の公衆トイレに向かっているらしい。ここで金をとられるのか、と俺は小汚いトイレの中へと入りながら小さく溜息《ためいき》をついた。男は尚《なお》も胸で俺の背を押し、個室へと俺を追い込んだ。落書きで埋まる壁の汚さと、便器から立ち上るひどい臭気が俺の眉《まゆ》を顰《ひそ》めさせる。

男も一緒に個室へと入ってきた。ドアは開いたままで俺の後ろに立つと、再びナイフを俺の目の前まで持ち上げてくる。俺は思わず身体《からだ》を竦ませ、頼むから刺さないでくれ、と心の中で祈りながら男が金を要求するのを待った。

——が、男が俺に要求したのは、金ではなかった。

「ズボン、脱いで」

俺ははじめ自分が何を言われたのかがわからなかった。

「聞こえなかったかな？　ズボンだよズボン。早く脱げよ」

呆然《ぼうぜん》と立ち尽くしている俺の目の前に、またナイフがぐい、と押し付けられた。俺は慌ててベルトを外し、スーツの下を濡《ぬ》れた床へと落とした。

「次はそのトランクスも……早く脱げよ」

男はナイフを押し付けながら、そう俺に囁いてきた。はあはあと息が荒くなっているのは、もしや――と俺はぞっとしながらも言われたとおりにトランクスも足首まで下ろした。

「ネクタイ外せよ」

男に言われ、俺は震える手で自分のネクタイを外しはじめた。男の息の音が狭い個室に響き渡る。

「妙な真似《まね》しようなんて考えるなよ」

男はネクタイを俺の手から奪うと、後ろから手を伸ばしてきて俺の両手首をそれで縛《しば》った。

「便器に手ぇついて……そう、両脚開いて……ふふ、それでいいぜ」

男は俺の脚を更に大きく開かせると、いきなり俺の尻《しり》を掴《つか》んだ。思わず俺が肩越しに振り返ろうとすると、

「顔上げんなよ」

と、ナイフなんだろう、冷たいものが俺の背に押し当てられた。俺は便器についた縛られ

た両手の上に再び顔を伏せた。ファスナーの下がる音が聞こえる。男の、はあはあという息の音に俺は耳を塞《ふさ》ぎたくなった。やがて熱い塊《かたまり》が後ろへと押し付けられ、それがなんだかわかるだけに、俺は全身に鳥肌が立つのを感じ、唇を嚙んだ。

「……もっと腰上げろよ」

へ、と笑いながら男は俺の背中にまた冷たいものを当ててくる。仕方なく俺は踵《かかと》をあげ、自分で腰を男の方へ突き出した。その姿を想像すると死にたい気持ちになったが、言うとおりにしなければそれこそ『気持ち』どころか本当に死んでしまいかねない。男は満足そうに、またへへ、と笑うと、俺の後ろに押し当てたそれをいきなり捻《ね》じ込んできた。

「……っ」

激痛が走り、思わず前にのめりそうになったが、なんとか便器に顔を突っ込むのだけは免れた。男は無理やり捻じ込んだそれを力ずくですべて埋め込むと、何の前触れもなく激しいピストン運動を始めた。

痛い、痛い、痛い——。

気を失うほどの痛みが延々と続き、俺は早く終わることだけをひたすら祈った。つりそうになる脚を踏ん張り、便器に両手をついて自分の身体が崩《くず》れ落ちぬように必死で自分で自分を支える。

ようやく男が低く声を漏らしたかと思うと、俺の後ろで達した。精液の重さと不快さに俺

は無意識のうちに低く呻《うめ》いていた。はあはあという男の荒い息の音が耳元で響く。男はナイフを俺の背に押し当てながら、もう片方の手を前へと伸ばしてきた。男の手が俺の雄を握り込む。

やめろ、と叫びだしそうになるのを、背中に押し当てられた冷たいナイフの感触が抑えた。男はゆるゆると俺を扱《しご》きはじめた。次第に男の手の中で俺が硬くなっていくのに比例するように、俺の後ろに入れたままになっている男の雄も硬くなっていくようだった。

重い痛みが再び後ろに加わり、俺はまた低く呻いた。男はそれを俺が感じているとでも勘違いしたようで、へへ、と下卑《げび》た笑いを俺の耳元で漏らしつつ、いきなり激しく俺を扱き上げはじめた。同時に自分も抜き差しをはじめ、俺はその痛みに知らぬ間に叫び声を上げながら、快楽と激痛が渾然《こんぜん》となって襲いかかってくるのに耐えていた。

「うっ」

低く呻いて男が俺の中で達したようだ。同時に腹に生温かい感触が広がり、俺はそれで自分も彼の手によって達したことに気づいた。

「キモチよかったみたいじゃない」

まだ荒い息の下、男が囁いてくる。違う、と思わず頭を上げかけた俺の首に手刀が打ち込まれた。俺は声を発することもできず、そのまま床へと崩れ落ちるようにして気を失っていった。最後まで、これが現実か夢かと疑いながら――。

床を這《は》い上ってくる冷気に俺はようやく目覚めた。意識が戻るのと同時に痛みも甦《よみがえ》ってくる。ぼんやりした頭で前を眺め、汚らしい便器から目を逸《そ》らすと、ぐるりと周囲を見回した。少なくとも視界に人の姿はない。

俺は自分がまだズボンも下着も足首まで下ろしたままの姿であったことに気づき、起き上がってそれらを引き上げようとした。手を床についたとき、手首を縛っていたネクタイがなくなっていることに気づいたが、スーツの内ポケットに入れていた財布や定期入れはそのまま手付かずで残っていた。

あの男の目的は金ではなく、この身体——？

思った瞬間、急激に吐き気が込み上げてきて、俺は便器にまた突っ伏してその場で吐きはじめた。その体勢が先程の出来事を再び思い起こさせ、更なる吐き気が俺を襲う。胃の中のものをすべて吐き終わっても嘔吐《おうと》は止まらなかった。胃液の苦さに顔を顰《しか》めながら、俺はいつまでもその場にうずくまって吐いていたが、ようやくそれがおさまってくると今度はトイレの汚らしさに我慢がならなくなった。

壁に手をついてのろのろと立ち上がり、俺はゆっくりと歩きはじめた。歩くたびに鈍痛が後ろに走る。まだあの男がいるかもしれないという恐怖から、少しでも早くこの公園を出たいのに、思うように足は進まず、脂汗を垂らしながら必死で歩き続けた。

公園の面する道路が見えてくる。ほっとした瞬間、不意に後ろからどろりと何かが流れ落ち、太股《ふともも》を伝った。そのあまりに嫌な感触に、俺は再び激しい吐き気を覚えたがなんとか堪《こら》え、一刻でも早く家に帰って身体を洗いたいとそれだけを思って、ひたすら足を前に出し続けた。

借りていたアパートの階段を上りながら、俺は何度も後ろを振り返り、辺りを見回した。人の気配はなかったと思う。今更のように震えがきてしまっている手でようやく鍵《かぎ》をあけ、自分の部屋に転がり込むようにして入った。

鍵をかけ、チェーンを下ろそうとしても手が震えてしまってなかなかうまくかからない。なんとか施錠を済ませると、俺は靴を脱ぐのももどかしく浴室へと向かった。

自分の着ていたスーツにあの公衆トイレの臭《にお》いがしみついているように感じてしまい、身に着けていたものをすべて脱ぐとゴミ袋に入れてきつく口を縛った。

シャワーで全身を、それこそくまなくゴシゴシと洗う。どんなに洗ってもあのトイレの

——そしてあの男の匂《にお》いがこびりついているような気がした。後ろを自分で洗いながら、疵《きず》に染みて痛むのも構わず俺はできるだけ奥まで湯を浴びせかけ、あの男の精液を流し去ろうとした。

犯されたのだ、という実感がシャワーを浴びている間にじわじわと湧《わ》き起こってきた。また吐き気が込み上げてきたが浴室を汚すのが嫌だったので我慢し、そんな現実的なことを考えられる自分にまた吐き気がした。

前も丹念に洗うが、石鹸《せっけん》をつけてこすっているうちに勃起《ぼっき》してきてしまった。洗えば洗うほど硬さを増してくる己自身の生理が情けなくも汚《けが》らわしい。

結局あの男の手でいかされてしまったのだと思うとそれだけで再び死にたいという思いにかられたが、必死で『たいしたことないんだ』と自分に言い聞かせ、頭からシャワーを浴び続けた。

そう——女ではないのだから、たかが脅されて犯されたことくらい、たいしたことではない。病気が心配だが、病院で検査してもらえば済むことだ——。

いくらそう思おうとしても、あの痛み、あの屈辱《くつじょく》感は当分忘れられそうになかった。シャワーを浴び終えると俺はそのままベッドに潜《もぐ》り込んだ。布団にこもる自分の匂いがまた吐き気を誘う。

あれは本当に現実のことなのだろうか。あの若い男の顔さえ見ていないことに気づき、今更ながら愕然《がくぜん》としてしまった。

くちゃくちゃとガムを噛む音、ナイフを握る手、押し当てられた雄——耳元で囁かれた低い声が不意に脳裏に甦り、思わず俺は勢いよく身体をベッドから起こしていた。

若かった、と思う。革ジャンを着ていたように思う。背は俺より数センチ高かった。奴の持っていたナイフは柄が黒っぽいジャックナイフだった。それ以外、どんなに思い出そうとしても男の特徴を思い出すことができない。

思い出したとしても、勿論《もちろん》警察に訴えるつもりはなかった。なんと訴えればいいというんだ。ナイフで脅かされ、トイレに連れ込まれて犯された——？

そんなことを公にするつもりはなかった。婦女暴行の被害者が泣き寝入りする気持ちが今は痛いほどにわかる。俺はもう、今日の出来事は忘れるしかないと思った。それこそ、こういった場合の常套句《じょうとうく》だが『野良犬に噛まれたようなもの』だと自分に言い聞かせるしかない。

少し懐《ふところ》は苦しいが深夜には当分駅からタクシーで帰ることにしよう、と俺は無理やりに今日自分の身に起こったことを頭の片隅に押し込めると、再び布団をかぶって真剣に眠ろうと試みた。寝ておかないと明日の大阪出張が不安だったからだ。

明日の大阪での商談は絶対に失敗するわけにはいかなかった。この二年、口説きに口説き続けて、ようやく先方の常務と直接話ができるところまで漕《こ》ぎ着けたのだ。多分明日、すべての結果が出るだろう。年間売上十数億円、利益で一億――俺の部ではメインの空調機器に次ぐ商権となる。

俺は一生懸命明日の商談の方へ自分の思考を向けようと、大阪で会う常務の経歴などを思い起こそうとした。が、俺の頭に浮かぶのは、くちゃくちゃと始終あの男が嚙んでいたガムの音だったり、汚らしいトイレの個室に響いたあの男の嫌らしい息遣《いきづか》いだったり、握られ扱かれた、あの男の手の感触だったり――考えまいとすればするほど俺の頭と身体には公衆トイレでの出来事が甦ってきてしまい、結局俺は一睡もできないまま、夜明けを迎えたのだった。


翌朝、六時の『のぞみ』で俺は大阪に向かった。部長はもう前日入りしていて、九時に大阪支社で合流することになっていた。

あとは新幹線で寝過ごさなければいいだけだ。昨夜はあれほど眠れなかったというのに、今、電車の振動がやけに眠気を誘う。目が覚めたら博多、じゃあ洒落《しゃれ》にならない。名古屋まででくらいなら眠れるか、と窓に寄りかかったとき、『のぞみ』は新横浜へと到着した。

空席が目立っていた車内が急速に埋まっていく。目を閉じていた俺の隣にも誰かが座る気配がした。ちらと目を開けて隣を見ると俺同様、出張のサラリーマンらしい。ちょうど彼も俺の方を見ていて、目が合ってしまった。俺が目を閉じようとすると、男はにっこり笑って会釈してきた。同い年くらいかな、と思いつつ、慌てて俺も軽く会釈を返す。それきり彼は持っていた日経を読み始めたので、俺はどこかほっとしながら再び窓にもたれかかった。

いつの間に眠ってしまったのだろう——肩を揺り起こされ、俺は何ごとだと目を開いた。

「切符、拝見できますか？」

車掌が俺の顔を覗《のぞ》き込んでいた。

「すみません」

俺は慌ててポケットを探り、ビジネス回数券を車掌に渡した。

「どうも」

簡単にチェックしてチケットを返してくれた車掌が、俺の隣の席の男に、ありがとうございました、と帽子のつばに手をやった。

「いや、気持ちよさそうに寝てるとこ、気の毒やと思たんやけどね」

男は申し訳なさそうな顔をして俺に笑いかけてきた。どうやら俺を揺り起こしたのは車掌ではなくこの男らしい。

「いえ……」

起きぬけのぼんやりした頭で俺は男に頭を下げると、再び眠ろうとし、座席の中で身体を寝やすいように動かした。

「大阪？」

「はい」

面倒だな、と思いながら小さく頷《うなず》き、これから寝るぞというのを態度で示すと、

「僕も大阪なんですよ。寝てはったらまた起こしますから、どうぞごゆっくり」

男はそう言ってにっこり微笑《ほほえ》むと、再び開いていた新聞に目を戻した。俺は半ば呆然としながらも、どうも、と口の中で呟くように言って、また目を閉じた。

親切な男だな、と薄目を開けて隣の男の様子を見やる。座っているからよくわからないが、かなり長身の男らしい。こんな早朝だというのに身だしなみに気を遣うタイプなのか、髪もきちんと整え、髭《ひげ》も綺麗《きれい》に剃《そ》っている。同性から見るとやっかんでしまうくらいのいい男っぷりで、どう見てもつるしの安物には見えないチャコールグレーのスーツに、センスのよすぎるネクタイとシャツの組み合わせが嫌みにすら感じられた。

初対面だよなあ、と俺は記憶を手繰《たぐ》った。見ず知らずの人間が隣に座ったからといって『起こしてやるから寝ていろ』などという親切を言ってくるのが、やたら不自然なことのように思えたからである。

が、そんな俺の思考もそう長くはもたなかった。すぐに俺は、まさにストン、と眠りに落ちてしまい、それこそ大阪まであと三分、というときに彼に揺り起こされるまで一度も車内

で目を覚まさなかった。

「すみません」

本当に起こしてもらってしまったことに、俺は恐縮して何度も頭を下げた。

「いや、気にせんといてください。それじゃ、また」

男は笑ってそう言うと、先を急ぐのか、まだ到着まで間があるというのに立ち上がり、出口に向かって歩きはじめた。俺も慌てて荷物を網棚から下ろしコートを着込む。

立ち上がると忘れていた鈍痛が甦り不快さを誘ったが、気持ちを切り替えなければと、そんな感情に無理やり蓋《ふた》をした。

新幹線がホームに滑り込む。既《すで》に数人の乗客が俺と彼の間に並んでいた。ドアが開くと彼はちらと俺の方を振り返り、笑顔で頭を下げてホームへと降りていった。俺はそんな彼の後ろ姿を無意識のうちに目で追いながら新幹線を降り、そのまま地下鉄のホームを目指して歩き始めた。

少し前を歩いていく男の後ろ姿が次第に遠くなる。足が速いな、と思いはしたが、別に追いかける気もなく、いつの間にか男が視界から消えた頃には男の存在などすっかり忘れてしまっていた。

地下鉄で淀屋橋《よどやばし》に出、徒歩五分の大阪支社へと向かう。アポは十時だが事前に部長と打ち合わせをすることになっていた。

ようやく俺の苦労が実を結ぶかもしれないこの会合に、俺は昨日自分の身に起こった出来事など忘れ、気持ちを昂揚《こうよう》させながら支社の入り口をくぐった。この先自分に何が待ち受けているかも知らずに、意気揚々と建物内を闊歩《かっぽ》し、部長が待っている部屋へと向かった。

「おはようございます」

明るくそう声をかけながら入っていった支社には何度も出張で来たことがあるが、今日はなんとなく雰囲気が違った。

「田宮《たみや》君」

慌てたように俺の名を呼ぶ部長の傍《そば》には、二人の男が立っていた。いかつい顔をした地味なコート姿の彼らは、部長の俺への呼びかけを聞くと、真《ま》っ直《す》ぐ俺へと近づいてきた。

「田宮吾郎《ごろう》さんだね？」

「はい？」

何ごとだろう、と彼らを見やった俺の目の前に、黒い手帳が示された。テレビでしか見たことのないこの黒い手帳は——。

「警察……？」

警察が俺に何の用があるというのだろう。心当たりはまるでない。唯一思い当たるのは昨夜強姦《ごうかん》されたことだが、それも俺は純然たる被害者なわけだし——と首を傾《かし》げる俺に、後ろに控えていた若い刑事が問いかけてきた。

「島田美里《しまだみさと》さん、知ってるね？」

「ええ……」

知っている。島田美里は俺の同僚だ。同じ課で少し前までは俺のアシスタントだったが、最近担当替えになりあまり話すこともなくなった、三年目のなかなか可愛《かわい》い事務職だった。

昨日も同じフロアで結構遅くまで仕事をしていた。俺より少し前に『お先に』と帰っていった彼女が一体どうしたというのだろう。

「今朝方、彼女の家の近所の善福寺《ぜんぷくじ》公園で死体となって発見されてね」

「なんですって？」

俺は思わず大声を上げ、部長を振り返った。部長は難しい顔をし、本当だというように小さく頷いてみせる。そんな、と言葉を失う俺に年配の刑事が歩み寄り、説明を始めた。

「ハンドバッグの中身は手付かずだったので、すぐに死体の身元が島田美里さんと割れました。自宅に戻った形跡はなく、昨日の深夜会社帰りに襲われ、暴行されたあと殺されたようです。会社に問い合わせたところ、警備員が昨日の記録を見せてくれましてね。おたくでは二十三時を過ぎてから会社を出るときに、名前を書かされますでしょ、それで、島田さんの帰った直後、あなたが会社を出られていることがわかりましてね。なにかご存じのことがあるんじゃないかと、我々に——我々、大阪府警の者なんですが、東京から至急あなたとコンタクトをとるよう要請がありまして、こうしてお話を伺いに来たというわけなんですわ」

年配の刑事は俺の顔を覗き込んで笑ったが、その目が少しも笑っていないことが、俺に思わず唾を飲みこませた。

何も後ろめたいことなどないというのにこんなにも動揺してしまうのは、生まれて初めて本物の刑事を目《ま》の当たりにしたからなのだが、彼らの目には一体自分のこの様子がどう映っているのだろうと思うと、ますます態度がぎこちなくなってしまう。

それにしても、警察が俺の大阪出張を知っている上、何故《なぜ》わざわざ俺のところに話を聞きに来たのだろう。

疑問を口にすると、

「早朝に出社されてたお嬢さんにあなたのご予定を教えてもらったんですよ。朝一番の『のぞみ』で大阪支社にご出社されるってね」

年配の刑事はそう笑って、また、ずい、と俺の方へと顔を寄せてきた。

「……はあ……」

頷きはしたが、それでも理由がわからず俺は密かに首を傾げた。出張先まで追いかけてくるなんて、警察は俺から何を聞きたいというのだろう。

「とりあえず、署までご同行いただけますか？　まだ任意ですが……」

と年配の刑事がそんな俺の腕を取った。

「署まで？」

俺は今度こそ本当に驚いて、大声を上げて刑事を、そして部長を見た。『まだ任意』ということは、もしや俺は疑われているのだろうか？　冗談じゃない、と俺は刑事の手を振り解《ほど》くと、

「一体どういうことです？」

と彼に食って掛かった。

「田宮君」

部長が慌てて俺の方へと駆け寄ってくる。

「どういうこともこういうことも……ただお話をお伺いしたい、というだけですから」

年配の刑事は全く動じず、さあ、と再び俺へと手を伸ばしてきた。

「……これから予定があります。それが終わってからなら……」

部長の手前怒鳴りつけることもできず、俺は刑事を睨《にら》みつけながら伸ばされてきた手を避け身体を引いた。

「そんな悠長なことは言ってられないんだよ。あんた、逃げるかもしれないだろ？」

いつの間にか俺の背後に回っていた若い刑事が、後ろから俺の肩をガシ、と摑むとドスの利《き》いた声で囁いてくる。

「なんだって？」

どういう意味だ、と逆に若い刑事に摑みかかろうとした俺の手を年配の刑事が摑んだ。

「離せ！　一体なんだっていうんだっ」

俺は闇雲《やみくも》に手足を動かし、救いを求めるように部長を、支社の皆を見た。

「島田さんは絞殺だったんだがな、凶器《きょうき》に使われたネクタイ、昨日あんたが締めてたものだって証言がさっきとれたんだよ」

若い刑事はそう言うと、無理やり俺の腕を捩《ね》じ上げ、俺の抵抗を封じた。

「なっ」

痛みに顔を顰めながらも俺は驚愕《きょうがく》のあまり言葉を失い、若い刑事の顔を見返した。

「あんた、昨日の深夜、島田さんの後つけて公園に連れ込んで犯して、騒がれそうになったんで絞め殺した。違うか？」

俺の腕を更に捩じ上げながら、若い刑事が俺を恫喝《どうかつ》する。

「違うっ」

「違うかどうか、警察でゆっくり話を聞きますから。小池《こいけ》君も離しなさい、まだ『任意』なんだから」

年配の刑事が若い刑事――小池というのだろう――の背を叩《たた》いて俺から腕を離させた。

「じゃ、参りましょうか」

俺が同意していないにもかかわらず、刑事は俺の肩を叩き出口の方へと促した。

「昨日の深夜――会社を出てから家に帰るまでのあなたの行動をお聞かせいただきたいだけ

ですから」

年配の刑事が再び俺の肩を軽く叩く。

「昨日……」

俺はぼんやりと刑事の言葉を繰り返し――次の瞬間、昨夜自分の身に起こったことが不意に頭に甦り、

「昨日？」

とまた大きな声を上げてしまった。刑事たちが不審そうに俺を見る。

昨日の深夜、俺は善福寺公園などに行けるわけがないのだ。何故ならその時間、俺は俺の家の近所の公園で――。

「違う！　俺じゃない！」

俺はそう叫んで年配の刑事の腕を摑んだ。

「急にどうしたんです？」

刑事が戸惑《とまど》ったように俺の顔を見返す。

「おとなしく同行しろって言ってるんだ。話は警察で聞くから」

小池刑事が俺の腕をまた後ろから摑んで年配の刑事から引き剝《は》がした。

この刑事たちに、昨日俺の身に起こったことを話さなければならないのか。自分の身の潔白を証明するために――。

「ほら、しっかり歩けよ」

小池刑事の言葉に俺は我に返った。同時に昨夜、ナイフで脅かされながら公園内を歩かされたことをも思い出してしまい、歩きながら大きく溜息をつく。

一体これは本当に現実なのか、はたまた目覚めぬ夢なのか——夢であるわけはないのに、俺はもう、昨日から自分の身に起こり続けたさまざまな非現実的な出来事は、すべて夢だったのだと逃避する以外、正気を保っていられないような気がしていた。

2

『任意』だというのに俺が連れていかれたのは取調室だった。だいたい会社からここまでも覆面パトカーでの移動だったし、本当に警察は俺を『容疑者』として見ているとしか思えない扱いだ。

「すみませんねえ、ここしか部屋が空いてなくて……」

わざとらしく年配の刑事——藤本《ふじもと》といった——は俺に茶を勧めてくれながら頭を下げると、

「それじゃ、昨日ですね、会社を出られてから家に帰るまでのお話、お聞かせいただけますか？」

とにこにこと笑いながら俺に尋ねてきた。俺は室内をぐるりと見回した。テレビのサスペンスドラマに出てくる『取調室』というのは結構本物を正確に再現しているのだな、などとこんなときなのに呑気《のんき》なことを考える。鉄格子の嵌《は》まった窓の前の椅子《いす》に俺、机を挟んで向かいに藤本刑事、少し離れた入り口に近いところに書記用の机があって、そこに小池刑事が座り、俺を睨みつけている。

俺はそうして室内を見回しながら、一体どうするべきかとしきりに頭を巡らせていた。

昨日の出来事を——俺自身が近所の森公園でナイフで脅かされた挙句に犯され、ネクタイを奪われたという話をすべきか否か。勿論、自分に本当に疑いがかけられているのであれば話すべきなのだろうとは思う。が、果たしてそんな話を信じてもらえるか——俺は改めて目の前の藤本刑事の顔を見た。藤本刑事は少し首を傾げるようにして、にこにこと俺に微笑みかけてくる。

「昨日は……十一時半くらいまで残業をして、そのあと同僚と——里見《さとみ》という者と駅前で軽く飲んで、終電で帰りました」

藤本刑事の人のよさそうな笑顔に、俺は思わずすべてを打ち明けてしまいそうになったが、いざ話すとなるとさすがに躊躇《ためら》われ、差し障りのないところからのろのろと話しはじめた。

「ああ、里見さん。退社記録であなたの次に名前が書いてあったという方ですね。えーっと、田宮さんが入社七年目——二十九歳でしたっけ。里見さんも同じ？」

藤本刑事が手帳を見ながら相槌《あいづち》を打ってくる。俺の入社年度や年齢まで調べているところをみると、本当に俺は容疑者だと思われているらしい。

「ええ……隣の部の同期です。大学も同じ……」

そう、昨夜は里見に誘われ、終電までと軽く駅前で飲んだのだ。あのとき彼の誘いに乗らずに真っ直《ます》ぐ帰っていたとしたら——いや、きっと彼に誘われなかったとしても、俺は終電ぎりぎりまで会社に残って仕事をしただろうから結果は同じだったか——などと、僅かの時間に俺はそんなことを考え、ぼんやりしていたらしい。

「……だったんですか？」

いつの間にか違う問いかけをしていた藤本刑事の言葉を聞き逃してしまい、俺は、

「え？」

と彼の顔を見直した。

「だから、ガイシャと一緒じゃなかったのかって聞いてるんだ」

後ろから小池刑事が俺を怒鳴りつけるのを、藤本刑事は、まあまあ、と宥《なだ》めると、

「島田さんはそのとき、ご一緒だったんですか？」

と彼と同じ質問をしてきた。

「いえ……彼女は、私たちが会社を出る少し前に帰りました」

お先に失礼します、と俺に向かって頭を下げ微笑んだ島田の姿が俺の脳裏に甦る。その彼女が殺されただなんて、俺にはどうにも信じられなかった。

アシスタントをしてもらっていた頃は、仕事帰りに二人でよく飲みにも行った。といっても、男女の仲に発展することもなく、専《もっぱ》ら俺は彼女が付き合っている男の愚痴の聞き役だったのだが。

明るくてよく笑う、可愛い子だったのに——。

さっき刑事は、彼女が公園で犯され首を絞められたのだと言った。俺が家の近所の公園で

犯されていたちょうど同じ頃、彼女も犯され、そして――。

「終電で帰られたんやったら、ご自宅に着かれたのはだいたい何時くらいやったんですか？」

藤本刑事の問いかけに、俺は一瞬どう答えようかと迷った。正直に答えれば、何故そんな時間になったのかと疑われるだろう。が、嘘《うそ》をついてもそれが嘘とわかったときに、俺への疑いはますます濃くなるに違いない。

話すか、話さずにおくか――俺の逡巡《しゅんじゅん》をどうとったのか、いきなり小池刑事が椅子から立ち上がったかと思うと、ずかずかと近づいてきて、バン、と凄《すご》い勢いで俺の前の机を叩いた。

「言えんわなあ？　終電で帰ったんちゃうもんなあ？　さっきから聞いとったら、ちんたらちんたらええ加減な応対しよってからに。警察なめとったらあかんっちゅーの、身体でわからせたろか？」

いきなりドスの利いた関西弁で小池刑事はそう言うと俺の胸倉を摑んだ。

「ガイシャの首絞めたネクタイ、あのネクタイをお前が昨日締めとったゆうことはもうウラがとれとるんや。今、指紋照合しとるさかい、そしたらもうそれを動かん証拠として……」

怒鳴り散らす小池刑事を、

「まだ指紋照合も済んどらんうちは、証拠も何もないやろ」

ひときわ大きな声で藤本刑事が一喝する。

「えろうすんまへんな。若いモンは血の気が多て困りますわ」

唖然《あぜん》としている俺に向かって、藤本刑事はまたにっこりと微笑んでみせたが、その『にっこり』も既に俺にとっては脅威の対象でしかなかった。

「いえね、今朝、所轄の刑事が会社にお邪魔して、早うに出社してたお嬢さん……えーっと、なんて言ったかな？　ああ、東《あずま》さんにいろいろお話伺ったときにね、凶器のネクタイの写真もお見せしたんですわ。そしたらどうもそれと同じネクタイを、前の日に田宮さん、あんたがしとったっちゅうのを覚えたはったんですな。まあちょっと特徴のある柄でしたし、それでもし、お心当たりがあったらと、こうして署までご同行いただいてお話をお伺いしとるっちゅうわけですわ。東京の方では今、指紋照合しとるそうですから、もうすぐ結果も出るでしょう。その結果が出るまでお待ちしてもろてもよかったんですがね」

藤本刑事もまた関西弁まるだしの口調でそう言うと、俺の顔を見てにっこりと笑った。口調の柔らかさと笑顔に反し、その眼が厳しく俺を見据えていることに俺は先ほどから気づいていた。

「ネクタイは……私のかもしれません」

何から話せばいいのか、そして、俺の話したことは信じてもらえるのか、どちらにしろ、正直に話すしか道はなさそうだった。昨日この身に起こったことは紛れもなく事実なのであり、善福寺公園に行って島田を殺せるわけがなかったということを証明しない限り、俺はこのまま彼女を殺した犯人にされかねないということが次第にわかってきたからである。

もし、島田を絞め殺すのに使われたのが本当に俺のネクタイだとしたら、犯人は俺を犯した男だ。彼が俺を気絶させ、俺の手首を縛ったネクタイを持ち去ったあとにそれを使って彼女を殺したとしか考えられない。

しかしそうなると、もしかしたらはじめからあれは仕組まれたことで、島田を殺し、その犯人に仕立てあげるために俺は襲われたのではないか——。

いろいろな考えが一瞬にして俺の頭を巡り、半分混乱しながらも、俺はぽつぽつと昨日、終電を降りてからのことを話しはじめた。

「襲われたぁ？」

小池刑事が馬鹿《ばか》馬鹿《ばか》しい、と床に向かって唾を吐く。

「ほぉ？」

藤本刑事は表情を変えず、相変わらずにこにこと俺の話を聞いていた。俺は、蚕糸の森公園の前でナイフで脅され、公園の公衆トイレに連れ込まれたこと、その場でズボンと下着を脱ぐように言われ、ネクタイを外されて両手首を縛られたこと、そしてそこで男に犯されたことを、できるだけ淡々と、事実だけを述べるようにして説明した。

「若い女じゃあるまいし……男にねえ」

小池刑事は俺を馬鹿にしたような目で見たかと思うと、

「公園で犯されたんやのうて、公園でガイシャを犯したの間違いやろが？　おぅ？」

とやにわに俺の胸倉を摑み上げ、俺を怒鳴りつけた。ガタン、と音を立てて俺が座っていた椅子が後ろに倒れる。

「違う！　本当だ！　本当なんだ」

言えば言うほど自分でもリアリティがなくなってくる。俺自身、これが自分の話でなければとても信じられるものではない。

「公園でねえ……」

やめんかい、とまた小池刑事を制してくれながら、藤本刑事がなんともいえない顔をして呟《つぶや》いたそのとき、

「すんません、遅ぅなりまして」

がちゃり、と不意にドアが開いたかと思うと、長身の男が部屋へと入ってきた。

「ああ、高梨《たかなし》さん、やっぱりあんたになったんですか」

藤本刑事が後ろを振り返り、入ってきた男に笑いかける。

「課長は人使いが荒いよって、ついでにもうひと仕事してこいて……ほんま、ええ加減にしてほしいですわ」

そう言って笑う男の顔を見て俺は、あ、と声を上げてしまった。男も俺の顔を見て、あ、

と同じく声を上げる。

「なんや、お知り合いでっか？」

藤本刑事が驚いたように俺たちを見比べた。

「いや、知り合いっちゅうか……」

高梨と呼ばれたその男は俺を見て、ね、というように微笑みかけてくる。朝、俺を起こしてくれたあと、微笑んだのと同じ顔で——。

彼は今朝、『のぞみ』で隣り合わせたあの親切な男——長身の、嫌みなくらいに整った容姿の、あの男だったのだ。

「……どうも……」

俺は他に何とも言いようがなくて、ただ軽く頭を下げた。小池刑事も藤本刑事も不審そうな顔をして俺たちを見ている。が、それを全く意に介さないように高梨と呼ばれた男は俺の方へと近づいてくると、

「またお会いできましたね」

と俺に右手を差し出し、目を剝く二人の刑事の前で俺たちは握手を交わした。

「はじめまして。高梨良平《りょうへい》といいます。警視庁捜査一課に勤めています」

「……はじめまして」

こんなときなのに俺は、『はじめまして』ではないんだけどなあ、などと心の中でツッコ

ミを入れてしまっていた。これまでの張りつめた室内の雰囲気が一気に緩《ゆる》んだのがわかる。

「お話は少しお聞きしました。お忙しい中、ご足労いただき申し訳ありませんでしたね」

「いえ……」

にっこり微笑む高梨氏の綺麗な標準語に頷きつつ、一体どんな話を聞いたのだろう、と俺は目の前の彼を見返した。俺が容疑者だということだろうか——と考えながら、彼がいつ俺の右手を離してくれるのかと、ちらと自分の握られたままの手を見る。

「ああ、失礼」

視線に気づいて高梨氏はようやく俺の手を離すと、まあ、座ってください、と倒れた椅子を直してくれながら俺に座るよう勧めてくれた。

藤本刑事が自分の座っていた場所を高梨氏に明け渡し、俺の正面に高梨氏、少し離れたデスクに藤本刑事が座り、小池刑事は藤本刑事に、

「お前はもういい」

と部屋を追い出された。

「ほんまにふざけてますわ。何が『俺も公園で犯された』や」

部屋を出しなに小池刑事が吐き捨てたのを聞いて、高梨氏は、

「犯された？」

と俺の顔をまじまじと見つめた。

「はあ……」

そう見られると、なんだかいたたまれない気持ちになってくる。だいたい俺だって、男が男にナイフで脅かされて犯されるなど、現実味のない話だということはわかっているのだ。自然と俯《うつむ》いてしまいながら、それでも肯定の意味をこめて俺は首を縦に振った。

が、高梨氏のリアクションは俺の予想を裏切ったものだった。

「大丈夫でした？　怪我《けが》は？」

彼は俺の顔を覗き込み、そう問いかけてきたのだ。

「はあ……大丈夫、というか……」

大丈夫かと言われれば大丈夫ではないし、怪我はと言われればまあ傷がないでもない。

「病院へは？　行かれましたか？」

ますます心配そうな顔で彼は尋ねてきた。が、すぐに気づいたように、

「ああ、朝一番の『のぞみ』に乗られてるんじゃあ、行かれるヒマもありませんでしたよねえ」

と一人頷いたかと思うと、やにわに俺の手を取り立ち上がった。

「これから行きましょう。なに、近所ですからすぐ済みます」

「高梨さん？」

藤本刑事が慌てたように彼を見る。

「いや、そんなたいした怪我はしてませんし……」

「たいした怪我じゃない怪我ならしてるんでしょう？　もし法的に訴えるとしても医者の診断書は必要になりますし、病院行かれた方がよろしいですって」

高梨氏はそう言って、尚《なお》も俺を立ち上がらせようとする。

「いや、法的に訴える勇気はないんですが……」

答えながらも、もしやこれは高梨氏の、俺の言葉を信じていないが故の芝居ではないかと思えてきた。それなら仕方がないと、

「……私の言うことを信じてもらうために、病院に行けとおっしゃるのでしたら、これから参りますが」

と溜息をつき、彼の顔を見返した。

「……いや、僕は単にあなたの身体を心配しているだけなんですけどね」

高梨氏が何故か少し怒ったような顔になる。と、横から藤本刑事が、

「まあ、ええやないですか。話のウラもとれて、傷も診《み》てもらえるなら一石二鳥やさかい」

と俺たちの背中を叩き、

「どうしましょ？　私が同行さしてもろてもええですけど？」

と高梨氏を見た。

「いや、私が行きますよ。病院に連絡だけ入れとってください。ここから一番近いのは——

大手前《おおてまえ》病院でしたっけ？」

高梨氏はそう答え、そうですなあ、と頷く藤本刑事に、

「そしたら、あとはこちらで引き継ぎます。ほんま、朝早うからお手数おかけしました」

と笑顔を向けると、行きましょうか、と俺の背に腕を回し、出口へと促した。

「あ、ちょっと」

慌てたような藤本刑事の声が後ろで響く。

「あの、引き継ぐって、まだ調書も取れておりませんし」

藤本刑事は何故か額《ひたい》に汗を滲《にじ》ませ、高梨氏に食い下がってきた。

「いや、もともとこれは東京で起こった事件《ヤマ》やからね。ご協力にはほんまに感謝しとりますわ」

高梨氏は涼しい顔で藤本刑事に答えると、もう何も言わせる隙《すき》を与えず、

「それじゃ」

と俺の背を強く押すようにして部屋を出てしまった。そのまま足早に警察署の出口に向かって足を進めながら、俺を気遣うように、

「大丈夫ですか？　歩けます？」

と、問いかけてくる。

まだ鈍痛が後ろに残っているために、俺が彼の速度についていけず顔を顰めたためだった

のだが、

「大丈夫です」

と俺が頷くと、そう、と言いながらも少し歩調を緩めてくれた。そのまま建物を出、彼が通りでタクシーを捕まえたのに、俺は少し驚いた。てっきりまた覆面パトカーに乗せられると思ったからだ。

「大手前病院」

運転手に行き先を告げると、

「しんどかったらまた寝てくださいね」

と高梨氏はまたもやにっこりと俺に微笑みかけてきた。俺は曖昧《あいまい》に頷きながら、一体彼は何を考えているのか、その笑顔の真意を探ろうとちらと彼の顔を見上げたが、どうしてもそこからは好意的な感情しか読み取ることができなかった。

病院は待たされるものと相場が決まっていると俺は思い込んでいたが、警察手帳はこういうところでも有効なのだということが改めてわかった。俺が連れていかれたのは外科、そして肛門《こうもん》科、泌尿器《ひにょうき》科、だった。外科では簡単に患部を診られた。診察室に高梨氏も入ってきたのには驚いたが、拒否することはできなかった。

「それじゃ、下半身脱いで、ここで壁の方向いて、両膝《りょうひざ》を抱えていてください」

綺麗な看護師さんが俺にそう言い、準備ができたところで医者を呼びに行く。脱衣の様子まで高梨氏に見張られているこの状況は、やはり容疑者だと思われているからだろうかと憂《ゆう》鬱《うつ》になったが、その疑いを解くためにも、と俺は恥ずかしさを堪《こら》えてズボンと下着を脱ぎ、看護師の言うとおりに簡易ベッドの上で下半身裸で膝を抱え、医者に患部がよく見えるような恥ずかしい姿勢をとって待っていた。

医者は俺の後ろを診たあと、ここではっきりしたことはわからないから肛門科へ、と言っただけだった。肛門科では俺はもっと恥ずかしい姿勢をとらされたのだが、その様子も高梨氏はじっと見ていた。

本当に婦女暴行の被害者が泣き寝入りする気持ちがよくわかる。こんな恥ずかしい思いまでして、自分が乱暴されたことを証明しなければならない上に、警察や裁判所で証言までしなければならないというのは辛《つら》すぎる。

最後は泌尿器科で性病がうつされていないかを調べ、俺はようやく治療という名の検査から解放された。

結果は――裂傷は認められるが、それが性行為によるものかは特定できない、ということだった。

あれだけ人前で恥ずかしい思いをして、その結果がこれか――。

俺は思わず医者を怒鳴りつけそうになったが、そんな俺の腕を高梨氏は摑むと、

「まあ、傷もたいしたことなかったようですし、よかったやないですか」

ととりなすようなことを言って笑った。

「……いいもんですか。あんな恥ずかしい思いまでして……」

俺が彼にまであたろうとしたのは、検査の一部始終を見られてしまったことに対する怒りからだったのだが、彼は、あはは、と笑うと、

「非常にそそられましたねえ。ほんま、ええもん見せてもらいました」

とあろうことか俺に向かって片目を瞑《つぶ》ってみせたのだった。

「どういう意味ですか？」

思わず気色《けしき》ばむ俺の背を、まあまあ、と彼は宥めるように叩くと、

「それじゃ、そろそろ東京に戻りましょうか」

と何ごともなかったかのように俺に笑いかけた。

「東京？」

問い返したあと、もしかしてこれは『護送』なのか、と自然と険しくなってしまった顔で俺は彼を見返した。

先ほどまでは『任意』だと言っていたが、いよいよ逮捕状でも出たのだろうか。

それを聞いて、高梨氏は、とんでもない、と笑った。

「いや、ほんまのこと言うたら『任意』ですから、あなたを拘束する権利は今の自分らにはないんです。あなたが東京に戻るまで僕は物陰からこっそり尾行せなあかんのですけど」

ここで彼は不意に悪戯《いたずら》っぽい目になると、

「面倒やないですか、そんなん。せやから、一緒に帰りましょってお誘いしてるんですわ」

と唖然としている俺の背を叩いたのだ。

「はあ？」

俺は言葉を失い、そんな彼を見返した。

「先に会社へ連絡入れはったらどうです？　多分はよ東京に戻ってこいて言われるでしょ。そしたら、ね、一緒に東京帰りましょうよ」

電話するには病院を出ないとね、と高梨氏は再び俺の背に腕を回した。確かに会社に電話は入れなければまずい。俺は病院の外に出ると、部長の携帯を鳴らしてみた。すぐに部長は電話に出てくれ、

『今、どこにいる？』

と俺に尋ねてきた。その口調から、俺は部長の耳には俺が容疑者だということまでもが入っているな、と察し、やりきれない気持ちになった。

「大手前病院です」

と答えると、病院？　と部長は不審そうな声を出したが、それ以上俺の話を聞こうともせず、すぐに東京に戻って自宅で待機するように、と告げ、一方的に電話を切ろうとした。

「待ってください」

俺は慌てて部長に呼びかけ、朝からずっと気になっていた、俺が同席するはずだった面談のことを尋ねた。

「あの、渡部《わたべ》工業との商談は？」

『……君にはもっと今、気にしなければならないことがあるだろう』

だが部長は電話の向こうで溜息をついたあと、冷たい口調でそれだけ言うと、俺に何も言う隙を与えず電話を切ってしまった。

「もしもし？　もしもし？」

俺はもう一度ダイヤルしかけ——高梨氏の視線に気づいて、電話を切った。これ以上恥ずかしい姿を見られたくなかったのだ。

「……帰りましょう」

高梨氏は何も言わず、また俺の背に腕を回してきた。

「……どうしてあなたと帰らなきゃいけないんです」

これはもう八つ当たりとしかいいようがなかった。俺はもう、すべてが嫌になってしまっていた。

こつこつと積み上げてきた大阪での商談も、社内の信用も——社内どころじゃない、殺人事件の容疑者ともなれば、社会的信用すら失ってしまう。

一体俺が何をしたというのだ。何故、こんな目に遭わなければならないのだ。昨日は昨日であんな汚らしい公園のトイレで男に犯され、今日は今日で、散々疑われた上に病院での恥部を晒《さら》した検査まで警察の人間に見られ、その上そんな思いまでしたというのに、『暴行されたとは断定できない』という診断を下され――もう嫌だ。本当に俺が一体何をしたというんだ――。

思わず怒りのすべてを目の前にいる彼に向かってぶちまけようとしたとき、

「あなた、犯人やないでしょ」

あまりにもあっけらかんと高梨氏はそう言うと、俺の顔を覗き込むようにして笑った。

「……は？」

「せやから、田宮さん、あなた誰も殺してないでしょ？」

少し目を見開くようにして高梨氏が小首を傾げ、俺の顔を更に覗き込む。

「ええ……」

頷きながらも俺は何故彼はそんなことを言うのだろう、と眉を顰《ひそ》めて彼を見返した。

「普通人殺した人間が、あれだけ新幹線で爆睡できるもんやないですよ。僕が起こさんかったら、ほんま博多まで行きそうな勢いで寝てはったからねえ」

高梨氏はそう言うと、バツの悪い顔をした俺を見て笑った。

「まあ、ええやないですか。これも何かの縁やと思て、往復『のぞみ』でご一緒しましょ」

そのまま俺はわけがわからないうちに、高梨氏に引き摺《ず》られ、強引に新大阪駅へと連れていかれてしまったのだった。

帰りの車中、それこそ東京に着くまで爆睡していたのは高梨氏だった。

「せやかてあんなに朝、早かった上に、行きは意地でも眠れんかったしね」

東京駅に到着後、言い訳めいたことを言う彼に対し、俺と同様、何がなんでも新大阪で降りなければならなかったからだろうか、と、すっかり毒気を抜かれ、彼の言うがまま同じ『のぞみ』の隣同士で帰京してしまった俺は、どうでもいいようなその言葉がひっかかって尋ね返した。

「意地でも？」

「そう、『起こしますから』なんて偉そうなこと言うてしまったさかいね。あれで寝過ごしたらマジ洒落《しゃれ》にならん」

と高梨氏が屈託なく笑う。

それって俺のせいだと言いたいのか——？

リアクションに困っている俺に向かって高梨氏は、再びにっこりとそれは優しげに微笑みかけてきたのだった。

中央線で中野に出、そのままタクシーで家に帰ろうと思っていた俺は、一体高梨氏はどこまでついてくるつもりだろう、とちらと傍《かたわ》らの彼を見上げた。

「お送りしましょう」

俺の心を見透かしたように高梨氏は俺に笑いかけると、一緒にタクシーに乗り込んできた。

「送るって……」

結構です、と断ることは不可能だった。やはりこれは、俺が容疑者扱いされているための措置《そち》なのだろうか、と俺は隣に座る彼の顔を見やり、密《ひそ》かに溜息をついた。


『あなた、犯人やないでしょ』

そう言った彼の目に、嘘《うそ》や誤魔化《ごまか》しはなかったように思う——が、相手は警察の人間だ。腹に一物《いちもつ》も二物もあるのかもしれない。

それでも俺は何故か、この高梨氏は信用できるような気がしていた。だいたい、見ず知らずの俺を自分が寝るのも我慢して起こしてくれるなんて、常人では考えられないことだ。

帰りの新幹線で、実は彼は全くの別件で大阪に来たのだが、ちょうどいいということで俺が東京に帰るまで張り付けと命じられたのだと教えてくれた——って、そんなことを当人に教えていいのかとも思うが——ともあれ、初対面の印象がよすぎたのか、俺はどうしても彼が俺を疑っているとは思いたくなかったのだ。

会社も警察も、皆が俺を疑っている今、嘘でも俺の無実を信じてくれているという彼の存在が何より得難いもののように感じられたのだろう。

だからタクシーが家に着き、当然のように彼も車を降りて俺の家に入ってきたことも、なんとなく俺は受け入れてしまっていたのだった。

「お邪魔します」

きょろきょろと辺りを見回しながら、彼は部屋へと入ってくると、

「結構綺麗にしてますねぇ」

と部屋の真ん中に座り込んで俺に笑いかけてきた。

「お茶でもいれましょう」

キッチンへと向かいながら、今更とはいえなんだかとてつもなく不自然な状況に自分が置かれていることを俺は実感しはじめていた。

「いや、気ぃ遣わんといてください」

友人宅を訪れたかのような態度をとる彼は、一体何を思って俺の家の中まで上がり込んできたのだろう。なんといっても彼は警察の人間なのである。

「あ、そうや。今日、この部屋に泊めてもらえます？」

俺の疑問をよそに高梨氏がまたそんな驚くべきことを言ってきたものだから、さすがに俺も慌ててしまって、

「なに？」

とキッチンから飛び出した。

「いやね、普通やったら外で張り込みとかせなならんねんけど、寒いやないですか」

俺の驚きなど全く察していないかのように平然と言い切る彼に、俺はますます言葉を失い、

「は、張り込み？」

と彼の台詞《せりふ》を繰り返した。

「あ、お湯、沸いてますよ」

高梨氏がキッチンの方を覗き込むようにして俺に笑いかける。俺は、ああ、とまた慌ててキッチンへと戻りながら、彼は一体何を思って俺にそんな申し出をしてきているのだろう、と首を傾げずにはいられなかった。

結局それから俺たちは近所のファミレスで夕食をとり、帰り道、コンビニで彼が替えの下着と歯ブラシを買うのに付き合って、二人してまた俺の家へと戻ってきた。

高梨氏は携帯で誰かに——多分警察の上司なのだろう——連絡をとり、自分が俺を張り込んでいると告げていた。張り込むも何も、こうして一緒に俺の部屋で、買ってきたビールを飲んでるじゃないか、と俺が呆れた視線を向けると、俺を見返しにやりと笑って電話を切った。

「まあ、ええやないですか」

彼はすっかり寛《くつろ》いだ様子で缶ビールをぐいと飲み干し、

「今日は疲れたでしょ、風呂入って早寝《はよ》ましょう」

と余計なお世話なことまで言い出した。

「先にシャワー使っていいですよ。タオルは洗面所の右の棚にありますから……」

招かざる客だが一応客は客だ。その上警察の人間だし、と小市民の俺がつい気を遣ってしまってそう言うと、高梨氏は、

「そしたら、お言葉に甘えて」

と、遠慮のカケラもなく立ち上がり、洗面所へと消えていった。その間に彼の寝る布団を出してやりながら、一体何故こんなことをしているのだろう、と俺はまたもや一人首を傾げてしまった。考えてみたら——いや、考えなくても随分変な状況だ。

俺を張り込むためにここに泊めてくれという彼の申し出になんとなく頷いてしまったのは、彼のもつフレンドリーな雰囲気に呑まれたからに他ならないのだが、だいたい『張り込まれ

る』ということは、依然として俺は警察に疑われているということじゃないか。

それなのに、その『張り込み』をする刑事にシャワーや布団を提供するなんて、我ながらそんな人のいい容疑者がいるだろうか。なんだか俺は急に憤《いきどお》りすら感じてきてしまい、馬鹿馬鹿しい、と彼のために用意した布団を床へと投げつけた。と、そのとき、

「お先にあがらしていただきました」

という声とともに、高梨氏がバスタオルを腰に巻いただけの姿で部屋へと戻ってきた。どこまでも小市民の俺は、怒っていたはずなのに、

「いえ……」

と彼を振り返り――思わずその体軀《たいく》の見事さに目が釘付けになってしまった。

「ああ、こんな格好で失礼」

彼が胸の前で腕を合わせながら笑う。格闘家かと見紛《みまが》う筋肉の隆起がまた生まれ、俺は思わずそれを目で追いながら、

「凄《すご》いですねえ」

と賞賛の言葉を口にしてしまった。羨《うらや》ましい限りである。俺も身体を鍛えていないでもないが、こんなふうに綺麗に筋肉はつかない。結構着痩《きや》せするタイプなんだな、とあまりじろじろ見るのも失礼かと思いつつ、俺はつい彼の動きを目で追ってしまった。

「そないに見られると照れますな」

高梨氏は苦笑すると、

「今晩、これお借りしてもええですか？」

と床に落ちていた布団を拾い上げた。

「ああ、すみません。今新しいシーツを出しますから」

やってられないとまで思っていたはずなのに、また俺は彼のペースに嵌《は》まってしまい、甲《か》斐《い》甲《が》斐《い》しく立ち上がっている。

「ほんま、気ぃ遣わんといてください」

高梨氏は髪をタオルで拭《ぬぐ》いながら、図々《ずうずう》しくもその場にどっかりと座り込んでいた。なんか違うんだけどなあ、と俺は溜息をつきつつ、簞笥《たんす》からシーツを出してきて彼へと手渡すと、自分もシャワーを浴びて早々に寝ることにした。

「先に寝ててくださいね」

なんでここまで気を遣うかな、と思いながらも俺は一応そう彼に声をかけ、浴室へと向かった。昨夜ここで一人、必死になってシャワーを浴びていた時間からまだ二十四時間も経っていないのだと思うとそれこそ不思議な気がする。意外に綺麗に使ってある水回りの様子に俺はなんとなく高梨氏に対して好感を持った。が、よく考えたら人の家でシャワーを借りるのに気を遣うのは当然だ。何故に自分は彼に対して好意的になるかな、と俺は今日何度目かの自問自答を心の中で繰り返しながら手早くシャワーを浴び、部屋へと戻ったのだった。

なんと彼は俺の『お言葉に甘えて』既に電気を消して就寝していた。まあいいけどね、と俺は彼を起こさぬように足音を忍ばせ自分のベッドに入る。そんなに広くない部屋なのでそうせざるを得ないのだが、彼はベッドのすぐ下に布団を敷いていて、なんだか本当にまるで友だちが泊まりにきたみたいだ、と俺はなんとなく可笑《おか》しくなった。

布団に潜り込んでも、今夜も一向に眠気は襲ってこなかった。俺はしばらくごろごろと寝返りを打ちながら、できるだけ今の境遇とは関係のないことを考えようとした。

それでも気づけばいつの間にか俺は大阪での取調室のことや、部長の冷淡な電話の声を思い出してしまっていた。

これから一体俺はどうなるのだろう。部長は自宅で待機しろと言ったが、明日また会社に電話すべきだろうなあ、などと思いながら、俺がしつこいくらいに寝返りを打ったそのとき、

「眠られへんの?」

不意に下から声が響いてきて、俺はびっくりして思わず起き上がりそうになった。すっかり自分の世界に入っていて、床で寝ている高梨氏の存在を忘れていたのである。

「いえ……」

実際眠れないのだが、他になんと答えてよいかわからず、俺は曖昧な返事をしてまた寝返りを打った。

「そっちに行っても構わん?」

再び下からそんな声が聞こえてきたかと思うと、え、と俺が聞き直すより前に、いきなり俺の背中の方から彼がベッドに上がり込んできた。

「な……っ」

「いやあ、床は固うて寝られへん……って贅沢《ぜいたく》やとは重々承知しとるんやけどね」

驚いて肩越しに振り返った俺に、高梨氏はにっこりと白い歯を見せ笑いかけた。

「な……っ」

俺はもう絶句してしまって、思わず身体を起こし、彼を見下ろした。大の男が二人で寝るにはこのベッドは狭すぎる。

——が、高梨氏は全く動じる素振りを見せず、

「ああ、やっぱりマットレスはええなあ」

などと言ってその場で丸くなろうとした。

さすがの俺も驚きを通り越し、唖然も通り越し、怒りすら覚えてきてしまって、

「あのねえ」

と彼を睨みつけた。

「なに？」

ぱちり、と片目だけ開いて彼が俺の顔を見上げる。人を馬鹿にするにも程がある。俺はもう怒りを隠す気もなくなってしまい、

「一体どういうつもりなんです？」

と夜中だというのに大きな声を上げてしまった。すると、高梨氏がむくっと起き上がり、

「どういうつもり？」

と逆に問い返してくる。心底不思議そうなその声に、俺の苛々《いらいら》はますます募り、気づけば彼を怒鳴りつけていた。

「ほんとにどういうつもりなんです？　俺は容疑者なんですか？　だからこうしてあなたが大阪からずっと俺についてきて、しまいには家に泊まり込んで、シャワー使って布団使って、その上、床は固いからベッドで寝かせろ？　一緒に寝ないと俺が逃げるとでも思ってるんですか？　生憎《あいにく》俺は誰も殺しちゃいないし、逃げるつもりもないし、これ以上、あなたの図々しい態度に我慢し続ける気もさらさらないんですけどっ」

怒りの中身がごちゃまぜになっている。自分が疑われていることを怒っていたはずなのに、いつの間にかその矛先が彼の態度に向いてしまっていた。かっとなると俺は頭が働かなくなるのだ。昔から俺は友人や彼女と口喧嘩《くちげんか》するたびに、家に帰ってから『ああ言ってやればよかった』と後悔するタイプだった。

軌道《きどう》修正のしようのないまま、俺が彼に対して更なる怒りをぶつけようと息を吸い込んだそのとき、

「一目惚《ぼ》れなんです」

突然思いもかけない言葉が聞こえたかと思うと、俺はいきなり布団の上に投げ出していた手を握り締められていた。

「……は？」

我ながら間の抜けた声が俺の口から漏れた。一体彼は何を言ったのか、と俺は彼の顔と、握られた自分の手をまじまじと見やった。

「せやから、新幹線で、子犬のように苦しげに眠るあなたに、僕は一目惚れしてしまったんです」

ずい、と俺の方へと顔を近づけながら、彼はそんなふざけた——ふざけているのでなければなんなんだ——ことを言ってきた。

「はあ？」

既に俺の対応能力を超えてるこの状況に、俺は手を振り解くのも忘れ、再び間の抜けた声を上げて彼を見返した。

「好き、なんです」

彼はそう言うと、あろうことか握っていた俺の手をぐい、と自分の方へと引き寄せ、俺の身体を抱き締めてきた。

「なっ」

ようやく俺の頭に思考能力が戻ってきたときには、俺はそのままベッドに押し倒されていた。俺の上に伸《の》し掛《か》かり、俺の髪をかき混ぜながら唇を塞《ふさ》いでくる高梨氏を俺は渾身《こんしん》の力をこめて押し退けようともがいた。が、鍛えぬかれた彼の身体はびくりとも動かず、仕方なくぎゅっと閉ざした唇の上を彼の唇が、舌がもどかしそうに動きまわる気持ちの悪さに俺は必死で耐えていた。

何より気味が悪いのは俺の腹に押し当てられている彼の雄が既に熱く、硬く、そしてどくどくと脈打ってるのをTシャツ越しに感じることだ。

一体今、俺は何をし、何をされているのかと叫び出しそうになりながら、依然として激しい抵抗を続けていた。と、彼は唇を離したかと思うと、俺の頭の両側に肘《ひじ》をつくようにして顔を見下ろしてきた。

「本当にね、一目惚れやったんですよ……なんで名前を聞かへんかったんやって、死ぬほど後悔しとったら意外なとこで再会できて……嬉《うれ》しさのあまり思わずはしゃいでしまったんですが、気に障ったらほんま……すみません」

気に障るもなにも、それは体重で俺の抵抗を封じて言う言葉か？　と呆れてしまってそんな彼を見上げることしかできない。

「それにね……昼間に、あんな色っぽい姿見せていただいちゃったら、なんや寝てるうちにそれ思い出して、我慢でけんようになってしもうてね……」

くす、と笑った彼の言葉の意味がはじめわからず、俺は、え、と目を見開いた。が、一瞬にしてそれが、何故か彼が同席したあの病院での検査のことだと気づいてしまい、更なる怒りが込み上げてきた。

「あのねえ」

俺はまた力いっぱい、彼の身体を退《ど》かそうと手を突っ張った。

「あなたも乱暴されたばっかりやから、僕も我慢せなあかん、とはわかっとるんですが、いかんせん欲望が理性に勝《まさ》ってしもて……綺麗な色やったからねえ」

そんな俺の抵抗をものともせず、高梨氏はそう言いながら、ゆっくりと手を俺の下肢《かし》へと伸ばしてきた。何何何何？　と俺は背筋に悪寒《おかん》が走るのを我慢できずに身体を震わせ彼を見上げた。

「昨日辛い思いされたばっかりやけど……僕が忘れさせてあげます」

にっこりと微笑み俺の両脚の間に手を差し入れてきた彼に、俺は思わず、

「いらんっつーの」

と激しくツッコミを入れていた。が、そんな俺の言葉に彼はまたもや全く動じず、

「テクニックにはちょっと自信あるんですわ。大丈夫……任せてください」

とわけのわからない自慢までしながら、強引に俺の腿《もも》を開かせ、自分の身体を割り込ませた。

「やめ……っ」

んかい、と言うより前に、彼はいきなり俺のTシャツを捲《まく》り上げ、俺の胸に唇を這わせてきた。ぎょっとして起き上がろうとするが、しっかり身体を押さえ込まれてしまっていて半身を起こすことすらできない。

もう片方の胸の突起を彼は丹念に指の腹で擦《こす》り続けた。俺は今更ながら胸にも性感帯があったんだ、などということを呑気に思っている自分に愕然としつつ、じわじわと背筋を上ってくるその感覚を持て余し身体を捩《よじ》ろうとした。

彼の行為は本当になんというか——前戯のお手本のようだった。飽きることを知らないように俺の胸を丹念に丹念に愛撫《あいぶ》していく。次第に下半身に血が集まりつつあるのは生理として仕方がないのかもしれないが、なんだかとてつもない恥ずかしさを感じ、俺は彼の肩へと手をやると忘れていた抵抗を再び試みた。

「……嫌になったらやめます」

高梨氏が唇を俺の胸から離して、そう俺を見て笑う。

「いや」

即答すると、

「またまた」

と笑って再び唇を胸へと戻した。

「こ…これって……っ」

さっき『嫌』と言った声が思いのほか掠《かす》れてしまったことに動揺しつつ、俺は思わず、

「け、警察官にあるまじき行為なんじゃ……ないの、か？」

と彼の肩を摑んだ。

「……訴えます？」

彼は顔を上げてそう笑うと、

「どうせ訴えられるんやったら、最後までやらせてもらいますわ」

といきなり手を俺の雄へと伸ばしてきた。

「……やめっ」

息を吞んでしまったのは、彼が勃《た》ちかけた俺の雄を激しく扱き上げたからだったのだが、そうしながら彼は胸から腹へと唇を落としてくると、握り込んでいた俺の雄をその口で捕らえた。

「……っ」

いつの間にかトランクスは下ろされていたらしい。口の中にすっぽりと俺の雄を収めると彼は、舌と唇を使って今度は丹念に俺自身を舐《ねぶ》りはじめた。俺が両脚を閉じようとするのを手で封じ、舌で先端を丹念に舐ったかと思うと、唇に力をこめながらゆっくりとそれをまた喉の奥の方まで収めてゆく。

口でやられるのは勿論俺も嫌いではないが、彼の口淫《こういん》の巧みさは今まで体験したどの女と

も比べ物にならなかった。

同性同士ゆえに感じるツボを心得ているというかなんというか――俺は背を仰《の》け反《ぞ》らせ、彼の口の中で達しそうになるのを必死になって堪えていた。

と、彼はゆっくりと口を離すと、裏側を舐《な》めとりながら舌をその周りへと這わせてきた。どくどくと今にも爆発しそうな俺自身が、そのちょっとした刺激にまた震える。彼は更に大きく俺の脚を開かせ持ち上げると、その舌で俺の後ろを舐りはじめた。

ぴちゃぴちゃと音を立てて丹念に舐め続けられるうちに、むず痒《がゆ》いような感触が俺の背筋を上ってゆく。次の瞬間、する、と先端を硬くした舌がその中へと入ってきた。

「……っ」

俺は仰け反り、その気持ちの悪いような――よくわからない感触に耐えた。彼は再び舌を前の方へと移動させると、先端に透明な液を零《こぼ》しつつある俺の雄を口へと含んだ。そうしながら片手を俺の太腿から脚の付け根へゆっくりと下ろし、先ほどまで執拗《しつよう》に舐め続けたそこへと指を一本挿入させた。

「……っ」

違和感を覚えるより前に、指は根元まで挿入されてしまっていた。口では俺の雄を攻めながら、ゆっくりとその指をかきまわしはじめる。

またもや気持ちの悪いような、それだけではないような感覚が後ろに芽生え、俺は思わず身体を捩った。

彼の指は俺の中で内壁を押すように激しく動いた。ときどき後ろへの感触を受けて、彼の口の中で俺の雄がびくびくと激しく脈打つのが自分でもわかる。

いつの間にか指の動きが激しさを増し、彼が指を増やしたのを察する頃には、俺はもう耐えられず、シーツを摑んで必死で上がりそうになる声を抑え、彼の口の中で達しないよう唇を嚙んでいた。

と、彼が俺を口から離したかと思うと、ずりずりと俺の頭と同じ高さまで身体を移動させ、

「入れてもええ？」

と俺に囁きかけた。

「……？」

入れる？　と俺が軽く首を傾げたその仕草が、彼のツボに嵌まったらしい。

「ほんまにもう……可愛い」

彼はいきなり破顔すると、痛いほどのくちづけを俺にぶつけてきた。思わず開いた唇の間から侵入した彼の舌が、俺の舌を求めて口内を暴れまくる。そうしながら、彼は俺の後ろから指を引き抜き、再び両脚を大きく開かせると、片方の手で俺の後ろを押し広げた。

入れる——入れる、か——なんでこう俺は反応が遅いのだろう。それはちょっと、というか、だいぶ嫌だ、と俺は慌てて彼の腕の中で抗《あらが》った。と、彼は俺から唇を離すと、

「辛かったら言うてくださいね。途中でやめますから」

と思いやりのあるようなないようなことを言いながら、ゆっくりと俺の中に彼の雄を捻じ込んできた。

「……ッ」

痛い――というか、痛いだけじゃなくてなんていうか――ものすごい異物感に俺は眉を顰め、無理、と必死で首を横に振った。言葉を発することもできず、ドンドンと彼の胸を拳《こぶし》で叩く。

「キツいわ……」

高梨氏も眉を顰めると、俺の拳などはまるで無視して俺の片脚だけを高く上げさせ、それを肩に担ぐようにした。

「ゆっくり……ゆっくりな」

辛かったらやめると言っただろうが、という俺の空《むな》しい抵抗も宙に浮いてしまい、彼はさらにズブ、と雄を俺の中に埋め込もうとした。

不自然な姿勢で脚がつりそうになる。後ろはなんだかもう感覚さえない。昨日、犯されたときは痛みしか感じなかったのに、今はよくわけのわからない感覚が下半身を捕らえ、俺の意志に反するように雄は何故か再びそこでびくん、と大きく震えた。

ようやく彼はすべてを俺の中に埋め込んだらしく、ふう、と俺に向かって溜息をつきながら微笑みかけてきた。

「辛い？」

ぐい、と片脚をまた自分の方へと引き寄せ、より接合を深めようとしながら高梨氏が微笑みかけてくる。

「つらい」

即答したあと、俺は、う、と低く声を漏らした。彼が俺を握り込んできたからだ。

「……もう少し……我慢してくださいね」

口だけは申し訳なさそうに高梨氏はそう言うと、いきなり俺を激しく扱きはじめた。

「ああっ」

声が——自分のものとは思えないような声が俺の口から漏れていった。俺は思わず両手で口を押さえ、再び上がりそうになる声を必死で抑え込もうとする。

「動いてもええ？」

俺を扱きながら彼は俺に微笑みかけ、いいも悪いも返事をする前に、俺の後ろで抜き差しを始めた。

彼の先端が俺の内壁を擦り上げ擦り下ろすたびに痛みではない感覚が後ろに芽生え、俺は思わず上がりそうになる声を抑え込むために更に口をしっかりと両手で押さえた。

「我慢せんかて……」

くす、と笑ったかと思うと、彼は律動のスピードを速めた。耐えられず彼の手の中で俺自身が先に達し、直後に彼も達したようで、はあはあと大きく息をつきながら、俺の上へと倒れ込んできた。

片脚は彼の肩から落ちたが、彼はまだ後ろから雄を抜かぬままに俺の身体を抱き寄せると、ゆっくりと唇を唇へと落としてくる。

「……好き……」

そう囁かれたからじゃない。俺も酸素が欲しくて口を開いていただけだったのだ——が、彼が塞いでくる唇を俺は素直に受け止め、絡めてくる舌にいつの間にか自分の舌を絡めていた。

彼が髪を梳《す》くその感触に心地よさすら感じながら、俺たちはいつまでもそうして唇を重ねていた。

「どう……？」

息が落ち着いた頃、高梨氏は唇を離すとそう言って顔を見下ろしてきた。

「……どう？」

何が、と眉を顰め、彼の顔を見上げる。

「テクニシャンやったでしょ？」

にやり、と笑うその表情があまりに癪《しゃく》に障ったので、俺は身体を捩り彼の腕から逃れよう

とした。

なにがテクニシャンだ、だいたい辛かったらやめると言いつつ最後までやめないし、嫌なら嫌と言えと言いつつ、言っても聞きゃあしなかったじゃないか。

今更ながら怒りが込み上げてきた俺を、彼はまだその雄を挿入したまま後ろから抱き込むような体勢をとると、

「これで眠れるかな？」

と耳元に囁き、くすりと笑った。

「…………」

思わずそう言う彼の顔を肩越しに振り返る。

「……なんてね。ただの口実やけどね」

俺の視線に彼は照れたように笑うと、すうっと俺の胸を撫《な》で上げた。達したばかりで敏感になっているためか、びくりと彼の腕の中で過敏に反応してしまう。

「ほんま……可愛いなあ」

彼はそう笑うと、やめろよ、という俺の言葉を聞きもせず、胸の突起を指先で摘んで持ち上げた。

「……ぁっ」

誰の声だよ、と頭を抱えたくなるような甘ったるい、女のような声が漏れてしまった。

「ええなあ」

くすくす笑いながら高梨氏が執拗に胸を弄《いじ》ってくる。俺の後ろでまた彼の雄がその硬さを増してきたのがわかった。

「もう一回……ええやろ？」

いいも悪いも言う前にそのまま第二ラウンドにもつれ込み、その夜、俺は彼の身体の下であられもない声を上げ続け、最後はほとんど気を失うように彼の腕の中に倒れ込んでしまったのだった。


陽《ひ》の光の眩《まぶ》しさに俺は目覚めた。ぼんやりと天井を見上げ、自分の部屋であるのにこの違和感はなんだ、と寝返りを打とうとし——しっかりと自分が抱き締められていることに気づいてぎょっとする。

そうだ、昨夜俺は何故か知らない間に彼と——このわけのわからない警察官と、結局何度も何度も——やってしまったのだ。

俺は思わず頭を抱えそうになった。一体何故？　なんでこんなことになってしまったのだろう。

雰囲気に呑まれるにもほどがある。一目惚れした？　そんな言葉にうかうかと乗せられてしまった自分が信じられない。と、俺が目覚めた気配を感じたのだろうか、俺を抱き締めていた彼が——高梨氏がうう、と低く唸《うな》ったかと思うと薄く目を開き、

「おはよう」

と微笑んだ。

「……おはよう」

何故ここで素直に挨拶《あいさつ》を返してしまうのかわからない。と、ますます頭を抱えたくなっている俺の身体を離すと、彼は大きく伸びをして、

「よう、眠れました？」

とまるで何ごともなかったかのように話しかけてきた。

「ええ……」

確かによく眠れた。夢さえ見ずに熟睡した。だがそれとこれとは——と、俺が彼に何かを言おうと口を開きかけたとき、

「訴えます？」

と、彼は俺に向かってまたにっこりと微笑んだ。

「は？」

勢いをそがれ、またもそんな間抜けな声を上げてしまう。

「僕のこと……訴えますか？　警察官にあるまじき行為をされたと……」

高梨氏は神妙な顔をして俺を見返している。ああ、そうか、と俺は今更のようにそのことを考えはじめたが、なんだか馬鹿馬鹿しくなってしまって、

「いえ」

とぶすりと答え、彼から目を逸《そ》らせた。と、いきなり彼はベッドから起き上がると俺の身体を抱き上げた。

「おいっ」

「そしたら、一緒にシャワー浴びましょ。訴えはるんやったら証拠残さんとあかんけど、そうやないんやったら、はよさっぱりしたいでしょ」

「したい、したいけど一緒はちょっと……」

それとこれとは別だと、彼の腕の中で暴れる俺に、高梨氏はにやりと笑ってこう告げた。

「いうたかて一人じゃ歩けへんのちゃいますか？」

「歩けるって！」

怒鳴る俺の抗議の声は再び全く無視された。高梨氏はそのまま、まるで我が家のような堂々とした足取りで、俺を浴室へと連れ込んだのだった。

シャワーがシャワーで済んだのは、室内の明るさに俺の理性が保たれたためだったと言っていいだろう。

勿論、朝立ちすらしないほど消耗していた身体のためでもあったのだけれど——。

ともあれ、何故か二人してシャワーを浴びた後、俺は、気怠《けだる》い身体を持て余し、彼のために床に敷いてやったはずの布団の上でごろごろしていた。一方、高梨氏は昨夜の疲れなど微《み》塵《じん》も感じさせないきびきびした動作で俺のベッドからシーツを剝ぎ取り、

「洗ってしまいましょかぁ」

などと甲斐甲斐しく働きはじめた。その様子を横目に、部屋の時計をちらと見上げる。まだ午前七時半。九時になったら会社に電話を入れてみるか、とぼんやり考えていた俺の耳に、どたどたと浴室から駆け戻って来る高梨氏の足音が響いた。

「ねえ、洗濯、洗濯してしまわはりました？」

慌てた彼の顔に、俺の方が驚いて、

「洗濯？」

と問い返した。

「そう、一昨日、あなた公園で乱暴されたて言うたでしょ？　そんとき着てた下着や服、今洗濯機見たら空っぽやったけど、もう洗濯しはったんですか？」

話すのももどかしいようにたたみかけてくる彼の勢いに俺は押され、どうだったかな、と考えかけて、すぐに答えを見つけた。

「え？　あ……捨てた」

「捨てたぁ？」

そう、昨日は燃えるゴミの日だった。俺はあの日着ていたスーツも下着も全部ゴミ袋に突っ込んでおいていたことに朝気づき、そのままゴミ置き場に捨ててしまったのだ。

「なんで？　なんでそんな……」

彼が痛いくらいに俺の肩を摑んで揺さぶる。

「だってもう着る気にもなれなかったし……」

わけがわからないながらも答えた俺から手を離すと、高梨氏はすっくと立ち上がった。

「高梨さん？」

昨日から一度も見せたことのない厳しいその表情に、俺は戸惑い思わず彼の名を呼んだ。

「……あなたを襲った男の特徴、まだ聞くの辛いかな思て、大阪府警から聞いた話の範囲で捜査させていたんですが——今、聞かせてもらえますか？」

高梨氏は俺を真っ直ぐに見据えて聞いてきた。いつの間にそんなことをしていたんだという驚きと、彼の豹変《ひょうへん》ぶりに戸惑いを深めつつ、俺は思い出せる限りの男の特徴を並べ上げた。

といってもほとんどわからない、としかいえない自分が情けない。

くちゃくちゃとガムを嚙んでいたこと、革ジャンのような服装だったこと、俺より少し背の高い、まだ若い男のようだったこと——。

高梨氏はいちいち俺の言葉に頷いていたが、俺が話し終わると、

「そしたら、そのときの状況を詳しくお話しください」

とやはり真摯《しんし》な目で俺を見つめた。状況といわれても、と俺は言い渋ったが、彼の真剣な表情に押され、そのときの様子を思い出せるかぎり克明に話した。彼はまた無表情ともいえる顔で俺の話にいちいち頷いていたが、話し終わると俺の身体を力いっぱい抱き締めた。

「すみません……嫌な思いさせてしまいまして」

戸惑う俺の耳元で彼はひとこと詫びると、すぐに俺から身体を離し、

「昨日ゴミに出した服、その服や下着に、あなたを犯した男の精液が残っているかもしれません。すぐに回収する必要がありますんで、ゴミ置き場を教えてもらえますか？」

と俺の顔を覗き込んできた。

あ、と俺は声を上げそうになった。

そうか——精液から血液型もわかるという。犯人が挙がったとき、DNAで鑑定もできるというのに、何の考えもなく俺はその証拠の品を捨ててしまったというのか——。

「大丈夫。ちゃんと回収しますから。気をしっかり持って……。どこに捨てはったんです？」

俺の動揺を察したらしく両肩を力強く摑み高梨氏が俺に微笑みかける。

「……アパートの下のゴミ置き場に……」

俺が答えると彼は立ち上がり、スーツのポケットから携帯電話を取り出した。

「ああ、私だ。至急調べてくれ。昨日回収した杉並区のゴミ——燃えるゴミだ。最終的に運ばれるのはどこの清掃工場か、わかり次第連絡をくれ。あとは蚕糸の森公園の公衆トイレ、そう、昨日鑑識を回せと指示した……結果が出ていたらそれも至急……ああ、頼む。また連絡する」

そして電話を切ると、啞然としながら聞いていた俺の方を振り向いて、

「じゃ、また夜に来ますから」

と言ったかと思うと踵《きびす》を返し、足早に玄関の方へと歩いていった。呆然としてその姿を見送る中、いきなり玄関口から戻ってきたかと思うと、俺の手を引いて立ち上がらせたのに、俺はますます驚き、言葉を失って彼の顔を見上げた。

「忘れ物」

まさかそう言ってここでキス、というベタな真似はしないだろう——という俺の予想は裏切られた。彼は俺に触れるか触れないかくらいの軽いキスをしたかと思うと、

「それじゃ、また」

と笑って部屋を駆け出して行った。

かと思うと、またドアが開き、

「ちゃんと戸締まり、忘れんようにな」

と高梨氏はドアから顔だけ出して声をかけると、またすぐにドアを閉めた。ようやくカンカンという外の階段を下りる足音が響いてくる。俺は思わず窓に近寄り、彼を上から見下ろした。携帯電話をかけながら、真剣な表情をして早足で歩いてゆく彼の姿に、昨夜の面影はない。

『一目惚れなんです』

まさか、と俺は自然と苦笑していた。信じられない。この俺に一目惚れだって？

立っているのも怠くて俺は再び床の上に敷かれた布団の上に寝転がりながら、この身に起こった怒濤《どとう》の出来事を思い、一人大きく溜息をついた。

一昨日の公園、大阪、そして昨夜のあの——痴態の限りを尽くした夜、これらはすべて現実のことなんだろうか。

紛《まが》う方なく現実であることは自分自身でもわかりきっているのに、俺はどうにもそれにリアリティを感じることができず、またごろごろと寝転がって天井を眺めては、一体これから自分はどうなっていくのだろうと再び大きく溜息をついた。

と、そのとき、突然ドアのチャイムが室内に鳴り響いたものだから、俺は驚いて身体を起こした。次の瞬間、もしかしたらまた高梨氏が戻って来たのではないかと思いつく。

関西人特有のしつこさでまたもや『鍵、かけとらんやないか』などとふざけたことを言うんではあるまいな、と考えつつ、のろのろと起き上がり玄関口へと向かう。もう一度鳴らされたチャイムに、

「開いてますよ」

と声をかけると、がちゃ、と扉を開いて顔を出してきたのは——。

「里見……」

事件の夜、俺と一緒に終電まで酒を飲んでいた同期の里見が、思いつめたような顔をしてその場に佇《たたず》んでいた。

まあ上がってくれよ、と俺は里見を部屋へと通した。こんな早い時間にすまん、と里見は詫《わ》びながらも、心配だったので出社前に寄ってみたのだ、と部屋の中へ入ってきた。

「誰か来てたのか？」

床に敷かれたままの布団を見て、里見は少し不審そうな顔で俺に尋ねたが、俺が言葉を濁すとそれ以上追及してはこなかった。

「それより、一体どういうことなんだ？」

「どういうことって……」

勢い込んで尋ねてくる彼の剣幕に押されながらも、俺は、

「それはこっちが聞きたいよ」

と溜息をついた。里見もわけがわからん、といった様子で溜息をつき、俺たちは二人、無言のまましばし顔を見合わせた。

里見とは大学が一緒だった。大学どころか学部もサークルも一緒で、学生時代からよく二人つるんで遊んでいた。彼とはなんだか非常に気が合って、互いにかなりつっこんだ付き合

いをしていたのだが、就職活動のとき、志望する業種も一緒だったのには『気が合うにも程がある』と二人で思わず笑ってしまった。

結局同じ会社に入社し、かれこれ十年余りの付き合いとなる彼は誰より信頼できる友だ。

その里見が痛ましそうな顔をして俺の前に座っている。彼も俺を疑っているのだろうかと思うと、俺はひどくやりきれない気持ちになってしまった。

「俺はやってないよ」

思わずぼそりと呟くと、

「当たり前だろう？」

里見は怒ったような大声を出した。そして、驚いて彼を見返す俺の前でいきなり両手をついたかと思うと、

「本当に申し訳なかった」

と床に額を擦りつけるようにして頭を下げてきた。

「おい？」

里見の土下座に一体何ごとかと驚き、彼の顔を覗き込む。

「一昨日、俺が飲みに行こうだなんて誘わなかったら……普段どおりに帰ってたら、お前はこんなことに巻き込まれなかったかもしれないのに、本当に俺はなんとお前に詫びたらいいんだか……」

「なんでお前がそんなに謝るんだよ？」

俺の問いかけに、里見は一瞬何か言いよどんだ。が、やがて俺を見返すと、

「実は……」

と昨日、警察が会社に来たときの様子を話しはじめた。

島田の死体が発見されたのが早朝五時、警察が会社に事情を聞きに来たのが朝八時だったそうだ。退社記録を見た刑事は俺に目をつけ、俺の周囲でいろいろと聞きまわった挙句に机から指紋を採取するといって鑑識まで呼んだという。

島田が少し前まで俺のアシスタントをしていたということと、その頃二人は付き合ってたんじゃないか、という勘違い話を誰かから聞いてしまったことから、すわ痴情の縺《もつ》れかと警察はますます俺への疑いを強めたらしい。

その雰囲気が社内にも浸透し、今や俺は会社では『最有力容疑者』になってしまっているというのだった。

「それもこれも全部俺のせいだ。本当に田宮、申し訳ない」

再び里見が俺に土下座しようとするのを、

「まあ待てよ」

と俺は制すると、

「実はな……」

と意を決して、一昨日の夜、里見と別れてから自分の身に起こったことを語りはじめた。彼に隠しごとをしたくはなかったし、相談することで道が開けるかもしれないという期待もあったからだ。

男に犯されたことは話さずに済まそうかとも思ったが、すべて正直に打ち明けた方がいい気もして、ありのままを彼に告げた。

里見はさすがに驚いたように目を見開いていたが、敢《あ》えて何も口を挟まず俺の言葉にいちいち頷きながら話を聞いてくれた。

彼の瞳《ひとみ》に疑いの影が差さないことが、話を続ける勇気を俺に与えてくれていた。大阪で警察に連れていかれたところまでを話し終え、俺は、

「……そういうわけだから、警察が俺を疑うのも仕方がないんだ」

と溜息をつき、いったん話を打ち切った。里見は俺の顔を見つめたまま、しばらく口を開かなかった。二人の間に横たわる沈黙が痛い。

「信じられない話かもしれないけど……本当なんだ。俺は島田を殺してなどいないし、一つも嘘などついちゃいない。すべてほんとの……」

「信じるに決まってんだろうが」

俺の言葉にかぶせ、怒ったような里見の声が響いた。

「里見……」

思わず名を呼んだ俺の手を、里見が握り締める。

「……大変な目に遭ってたんだな……」

里見が端整な眉を寄せ、痛ましそうな表情をして顔を覗き込んでくる。

「ああ……」

俺はなんだか胸が熱くなってきてしまって、握られた手を握り返した。

「お前がそんな辛い思いをしていたなんて……」

里見がますます同情溢《あふ》れる顔で俺を見る。

「いや、そんなたいしたことじゃ……」

あるんだけど、と思いながら、俺はなんだか照れ臭くなってしまって彼の手から自分の手を引き抜いた。

里見が俺の話を信じてくれたのは正直ありがたかったが、ここまで同情されてしまうと、なんだか逆に申し訳ないというか、いたたまれないというか、そんな気持ちになってきてしまう。

確かに今までこの身に起こったことはショックといえば勿論ショックなのだが、今考えなければならないのはこれからの自分の身の振り方だ。このまま容疑者扱いされ、逮捕状でも出てしまったら、それこそ会社だってクビになりかねない。

「……お前はどう思う？　俺は嵌《は》められたんだと思うか？」

「うーん」

里見は腕組みをして考え込んだが、やがて自分の考えを確かめるようなゆっくりした口調で話しはじめた。

「お前が体験したことと島田が殺されたこと――偶然と言い切るには無理があると俺も思う。もし、本当に島田を殺した凶器がお前のネクタイなら、お前は故意に襲われ、島田殺しの犯人に仕立てあげられようとしているんじゃないだろうか」

「……なんのために？」

そこなのだ。俺も自分が、実は嵌められたのではないかと思わずにはいられないのだが、どうにもその理由がわからないのである。

もし仮に島田を殺したいほど憎んでいる人物がいたとして、その人物が、自分の身代わりとして仕立てあげる犯人に俺を選ぶという理由がわからない。

確かに島田は最近まで俺のアシスタントではあったが、それほど特別に親しかったというわけではない。親しい度合いでいけば、彼女の同期の柳原《やなぎはら》の方がよっぽど彼女と親しいし、あまり大きな声では言えないが、前の部長と彼女は不倫の噂《うわさ》になったこともある。

これは勿論ただの中傷で、本命の彼のいる島田はその噂を聞いても『馬鹿じゃないの』と笑っていたのだったが、ともあれ、彼女を殺した犯人に仕立てあげるのには俺以外にも適任はいくらでもいたはずなのである。

たまたま一昨日は彼女のすぐあとに俺は退社したが、わざわざそういう日を狙った上で俺を襲い、ネクタイを奪うというリスクを犯してまで俺を犯人に仕立てあげようとするには何か特別な理由が――それこそ、俺を憎んでいるというような理由があったと考えざるを得ない。だが、そこまで人に憎まれるような覚えが俺には少しもないのだった。

「……お前を陥《おとし》れるため――といってもなあ」

里見も首を傾げながら、

「まあな、今回のあの渡部工業の商談、あれを成功させたことでお前をやっかむ奴はいないでもないがなあ……」

まさかそれで人殺しはせんだろうしなあ、と唸った。

「心当たりはないのか？　会社以外で何か特別こう、人に恨まれるような……」

逆に里見に問いかけられ、俺は、

「ない」

と即答したが、人は思いもかけぬことで恨みを買いかねないものである。それで俺はかなり真剣に、

「俺のプライベートを知り尽くしてるお前の目から見て、俺は人に恨みを買うタイプだと思うか？」

と里見に聞き返したのだったが、里見はそれを聞くと吹き出した。

「お前のプライベート、俺が完全把握しているっていうのもなんだかなあ」

「お前のプライベートだって俺は知り尽くしてるぜ」

「違いない」

里見はわざと嫌そうな顔をしたあと、笑顔になって、

「その俺から見ても、お前はいい男だと思うぞ」

とても人に恨みを買うような男じゃないよ、と言ってくれたあと、急にはっとしたように腕時計を見やった。俺もつられて時計を見、そろそろ始業時間が近いことに気づく。

「いけねえ、遅刻だ」

慌てて里見は立ち上がると、

「それじゃな、また様子を見に来るよ」

と一緒に立ち上がった俺の肩を叩いて玄関へと向かった。

「ありがとな」

俺は彼の心遣いが嬉しく――そして時間を忘れて話し込んでしまったことがまた申し訳なく、靴を履く彼の背中に礼を言った。

「……まあ、元気そうでほっとした……それじゃな」

里見は振り返って笑うと玄関を飛び出していった。十五分は遅刻するに違いない。本当に申し訳なかったな、と思いながらも、俺は俺を信じてくれるという友の存在のありがたみを

今更のようにひしひしと感じていた。

里見と話しているうちに俺の心の中にあった漠とした疑問が、次第にある形をもって目の前に提示された気もする。


一体俺は、そして殺された島田は——誰に恨まれていたというのだろう？


ただ俺を気絶させてネクタイを奪うだけでなく、俺を犯し、辱《はずかし》めたことはやはり俺への憎しみから生まれた行為だったのだろうか、と俺は考え、必死で俺を犯した男を思い出そうとした。

声しかわからぬその男——今までどこかで会ったことがあっただろうか。どんなに記憶の糸を手繰ってみても、あんな若い男の声には聞き覚えがなかった。

くちゃくちゃとガムを嚙む音、俺の胸の前に回されたナイフを持つ腕、俺の尻を摑んだときの少し骨ばったような指の感触——思い出していくうちに吐き気が込み上げてきて、俺は思わずトイレに走った。ひとしきり吐き終わったあと、それでも何か思い出そうと頭を抱えトイレの戸にもたれて座り込む。

乱暴な所作だった。無理やり俺の後ろに捻じ込まれたあの雄の熱さ、痛み、そして——俺はまた這うようにしてトイレに戻って少しもどした。俺を扱き上げたあの手。革ジャンを着ていたと思う。ジーンズが裸の尻に擦れて痛かったような気がする。靴は――スニーカーだったか、色は？　メーカーは？　それから――。

胃の中のものをすべて吐ききってしまったのか、吐こうとしてももう何も吐くことができなかった。俺は水を流すと、口を嗽《すす》ぐためにのろのろと便器の前から立ち上がり、洗面所へと向かった。

口を嗽ぐついでに冷水で顔も洗う。吐いたせいか酷《ひど》く身体が怠かった。鏡に映る自分の顔がやけに白く見える。と、不意に俺は、そういえば昨夜、同じように彼に――高梨氏に無理やり身体を開かされたというのに、少しも犯されたときのことは思い出さなかったな、と気づいた。

突然押し倒され、唇を塞がれ、そして――。

『忘れさせてあげます』

確かに忘れていたかもしれない、と俺は鏡に向かって苦笑した。白い顔が変な笑いに歪《ゆが》んで見える。この顔に一目惚れね、とそれもなんだか可笑しくて、俺は再びざばざばと勢いよく顔を洗うと、部屋の片付けでもしようかと、随分元気よく洗面所をあとにしたのだった。

始業時間の九時に一応会社に電話を入れたが、部長も課長も不在だった。電話に出たのは

束だったらしい。何か言いたそうな口振りだったが、俺が今日は休むと告げると、

「わかりました」

と細い声で答えただけだった。新聞を見たが、事件のことは載っていない。テレビのニュースかワイドショーで何かやるかな、と思って見てみたが、会社がマスコミを抑えているのか、警察が報道を差し止めているのか、事件のことは流れなかった。

部屋の掃除、といっても高梨氏に貸した布団を上げ、簡単に掃除機をかけただけのことを終えてしまうと俺は暇を持て余し、またごろごろしながら事件について考えはじめた。

島田が殺されたのは何故なのだろう。怨恨《えんこん》——？　若干二十五歳のＯＬを殺したいほど憎む相手というのは一体どういう人物なのか。

仕事がらみで彼女が恨まれていたとは考え難かった。となると、異性関係？　俺は彼女から聞いた、彼女が付き合っている男の愚痴を思い起こした。

散々俺に愚痴を聞かせはしたが、彼女は相手の名前を絶対に言おうとしなかった。

社内か、若《も》しくは取引先か、と思ってカマをかけたが、そこそこ聡明《そうめい》な彼女は俺の意図を見越して決してそれに乗ってはこなかった。

あまりに隠すから不倫かな、とも思ったが、それを言うと、前の部長との噂があるためか酷く怒って手がつけられなくなったっけ、と俺は懐かしくそのときのことを思い出した。

なんとか機嫌を直してもらおうと彼女が好きなラーメン屋に連れていき、店の人に睨まれ

ながらそこで延々飲み続けたんだよなあ、と、俺は、最後はビールを飲みながらけらけら笑っていた島田の顔を思い出し――その彼女が殺されたのだ、と改めて気づいて愕然としてしまった。

『田宮さんってなんか、話しやすいんですよねえ』

そう言いながら、仕事の愚痴を、付き合ってる我儘《わがまま》な男の愚痴を明るく言っていたあの子は――この世にもういないのだ。

公園で犯され、ネクタイで首を絞められて殺されたという彼女の最期《さいご》の姿を、俺は思い描き、そのあまりの無残さに慌てて浮かんだ像を頭を振って追い出した。

俺の脳裏に再び俺を犯したあの男の、はあはあというういやらしい息遣いが甦ってきた。俺の尻を無理やり摑んで、己の欲望を満たすためだけに雄を捻じ込んできた男の乱暴な動き――彼女も同じように男の暴力に屈し、身体を開かされたのだろうか。あの耳を塞ぎたくなる、男の欲情のあらわれのような息遣いを聞かされながら、悲鳴を上げることすら許されず、恐怖と嫌悪感に身体を震わせてただひたすら男が達するのを待っていたのだろうか。

そして――。

許せない、と俺は知らぬうちに拳を握り締めていた。島田を殺した男に対する怒りが胸に込み上げてくる。何故、彼女は犯された挙句に殺されなければならなかったというのか。そんな目に遭うような何を彼女がしたというのだ。俺は彼女を殺した犯人に対し、やりきれぬほどの憤りを今更のように感じていた。

今まで、自分の行く末しか考えることができなかった自分自身が情けなかった。厭《いと》わしかった。亡くなった彼女に対して、俺は申し訳ない気持ちでいっぱいだった。

彼女の首を絞めたのは——俺のネクタイかもしれないのだ。

俺は再び目を閉じ、必死で俺を犯した男のことを思い出そうと試みた。

込み上げてくる吐き気を飲み下しながら、何度も何度もあの夜の出来事を頭の中に思い描く。

せめて彼女を殺した犯人に一矢《いっし》報いてやるために——。

犯人を検挙できる手がかりの一つでもいいから探そうと、俺は記憶の糸を必死で手繰り続けた。


『キモチよかったみたいじゃない』

吐き気を催すあの下卑た笑い声——。だが、俺はもう吐きはしなかった。何か——何でもいいのだ、あの男が誰だかわかるような特徴を、俺は一つでも見なかっただろうか。

俺はまた最初から——男にナイフを突きつけられたところから、五感のすべてを甦らせようときつく目を閉じ意識を集中させた。

何時間そうして過ごしていただろう。いきなり鳴った電話の音に俺は驚いて起き上がった。誰だ？　と思いながら受話器を取る。

『田宮さん？』

通話が聞き難いのか、やたらと大きな声が受話器から響いてくる。その声の主が最初俺にはわからなかった。

「はい？」

『高梨です。ありました、ありましたよ！　今しがた、ゴミの山の中から見つけました！』

浮かれまくった彼の声に俺は一瞬引きかけたが、電話の内容に思わず彼に負けぬほどの大声で、

「ほんとですかっ」

と叫んで受話器を握り締めた。

『本当です。焼却される前でほんまよかった！　すぐ鑑識回して、その足でそっちに帰りま

すからっ』

「え？」

帰るって——？　と俺が聞き返すのを待たず、それじゃあ、と浮かれた調子のまま、電話は切れた。

「も、もしもし？」

慌てて問い返しても、俺の耳にはツーツーという通話音が空しく響くだけである。

今日もまさか泊まるなんて言い出すんじゃないだろうな——。

一瞬その考えが頭に浮かび、俺は思わず顔を顰めた。が、それでも彼が手がかりの一つを見つけ出してくれたことが嬉しくて、

「よしっ」

と一人気合を入れ、拳を掌《てのひら》に叩きつけた。

俺も負けてはいられない。なんとか頑張って何か手がかりを思い出そうと、俺は再び必死で記憶を辿《たど》りはじめた。

5

「ただいまあ」

二時間後に高梨氏は、俺が開けてやったドアから勢いよく部屋へと入ってきた。

『『ただいま』って……」

「ごめん、シャワー借りてええ？」

顔を顰めた俺の横をすり抜けると、彼はもう浴室に直行していた。

「シャワー？」

慌ててあとを追う俺に、

「あ、それからゴミ袋の大きなやつ……ほんま臭《くそ》うてかなわんわ」

と言いながら彼は脱衣所で服を脱ぎはじめる。

「？」

俺は一瞬首を傾げかけたが、もしかして、と気づき、既に全裸になった彼へと問いかけた。

「高梨さん、まさか高梨さんが俺のスーツ……ゴミの中から捜してくれたんですか？」

「僕一人で捜したんとちゃうけどね。もう人海戦術や……しかし、一日でようあれだけのゴミが出るもんやねえ」

ガラ、と浴室の戸を開け肩越しに振り返って高梨氏はそう答えると、

「すぐキレイな身体になってくるさかい、待っとってな」

とウインクし、浴室へと消えた。

何を待つんだ、と俺はぶつぶつ言いながらも台所からゴミ袋を取って来て、彼の脱ぎ捨てたシャツやらスーツやらを畳んでそれに詰めてやる。ポケットから警察手帳や財布を取り出しながら、無防備だなあと思っていると、脱ぎ捨てられた上着の下から拳銃《けんじゅう》まで出てきてしまって、これはさすがに無防備すぎるぞ、と俺は鼻歌を歌いながらシャワーを浴びている高梨氏を磨硝子《すりガラス》越しに眺め、溜息をついた。

とりあえず彼の着ていたものを全部袋に詰めて、本当に生ゴミ臭のような酷い臭いがしていたのできつく口を縛る。が、高梨氏は一体何を着て帰るつもりなのかなと俺は首を傾げ、とりあえずシャワーのあとに着るようにと、スウェットとバスタオルを用意してやることにした。

こんなに甲斐甲斐しく世話を焼いてしまうのは、彼がそれこそ身体を張って、こんな臭い思いまでして、俺の不注意で捨ててしまった証拠の品を見つけ出してくれたからだ。

それにしてもまさか今夜も泊まるつもりじゃあないだろうな、と俺は首を傾げ——昨夜の自分の痴態を思い出して一人顔を赤らめた。

本当に何故あんなことになってしまったのだろう。もっと抵抗しようと思えば抵抗できたと思うのに、何故俺は唯々諾々《いいだくだく》と彼に抱かれてしまったのか——などと今更、物思いに耽《ふけ》っていても仕方がない。

俺は彼に貸すタオルとスウェットを手に脱衣所へと戻り、彼の拳銃の上にそれを置いて部屋へと戻った。ビールはまだあったかな、と冷蔵庫を開けながら、再び何故自分はこんなにも彼の来訪を歓迎しているような行動に出てしまうのだろうと　人首を傾げる。と、そのとき、

「ああ、さっぱりしたわ」

と陽気な声を上げ、高梨氏が部屋へと入って来た。俺がビールを手にしているのを見て、

「何から何まですみませんなあ」

とにっこりと笑いかけてきた彼は、またもや腰にバスタオル一枚巻いただけの姿で、俺がせっかく出してやったスウェットを、自分の拳銃や手帳、電話と一緒に片手に抱えている。

「下着もゴミ袋に詰めちゃったんですが……買ってきましょうか？」

それらを床へと無造作に置いた彼に、ビールを手渡しながら尋ねると、

「平気平気、ノーパンで帰りますさかい」

と彼は笑って、受け取ったビールのプルトップを開けた。

「ノーパン……」

「なんややらしいこと考えてるんとちゃいますか？」

「別に何も考えてませんけど」

彼の帰るときの服装など、心配してやるだけ損だったようだ。『やらしいこと』ってなんだよ、と思いながら俺は等距離を保とうと彼から一歩下がった。高梨氏はそんな俺を一瞬見つめたあと、

「まあええか」

と一人呟き、ビールを手にその場にどっかと座り込む。なにがいいのかな、と思いつつ俺も彼から少し離れたところに座って自分もビールの缶を開けた。はあ、と彼はビールを一気に飲み干すと大きく溜息をついた。ああ、そうだったと俺は今更のように彼に礼を言わねばと思い出して、

「本当にどうも……ありがとうございました」

と深く頭を下げた。高梨氏は最初きょとんとして俺を見ていたが、すぐに、ああ、と笑うと、

「お礼なんて言わんといてくださいよ。犯人逮捕のために僕らがやらなあかん仕事なんやから」

と、俺の肩を叩いてくれた。

「でも……俺のせいでお手数おかけしたわけですし」

確かにそうなのだ。俺が不用意にあのとき着ていた衣服を捨てたりしなければ、彼も、そして他の警察官も、清掃工場まで行って俺の捨てたゴミ捜しなどしなくても済んだのである。スーツに染み込むほどの臭気の中、苦労して見つけ出してくれたのだと思うと、あまりに申し訳なくて俺は頭が上げられなかった。

「まあええやないですか。無事見つかったわけですし……今、鑑識が調べてます。結果が出次第、連絡もらうようになってますから」

ほら、もう頭を上げて、と言いながら彼は俺の手からビールの缶を取り上げ、それをテーブルへと下ろした。え、と俺の意識が一瞬そちらに逸れる。と、彼はぐい、と俺の腕を引っ張り、自分の胸へと抱き寄せてきた。

「な……」

思わず抗議の声を上げようとする俺の唇を彼の唇が塞ぐ。舌をからめとられながら床へと押し倒されそうになるのを、俺は床に手をついてなんとか踏みとどまった。と、彼はくちづけたまま、俺のTシャツを捲り上げるとそれを一瞬の早技で脱がせ、そのまま唇を俺の首筋から胸へと下ろしてきた。

「やめ……」

ろ、と言うより前に、今度は彼は俺の胸の突起を口に含みながら、じりじりと俺の正面へと移動し、俺の両脚の間に身体を割り込ませるようにして、唇を俺の胸から腹へと下ろしてきた。

「なに……」

俺は自分の胸にあたる高梨氏の濡れた髪の冷たい感触を時折感じながら、何故おとなしく彼のするがままに任せているんだろう、と彼の頭を見下ろしていた。

高梨氏は両肘を床につくようにして俺の腰の辺りへと手をやり、再び唇を俺の胸へと戻してきながら、そろそろと俺のトランクスを下げにかかった。胸の突起を軽く嚙まれると自分でも驚くくらいにびくりと身体が震える。

気づけば俺は自然と腰を浮かせて彼がトランクスを脱がせるのに手を貸してしまっていた。彼の唇が再び胸から下へと下りてゆき、俺自身へと向かってゆく。俺は両手を後ろについて自分の身体を支えながら、彼が雄を口に含み、唇と舌で俺を昂《たか》めようとしている、その姿をただじっと見下ろしていた。彼は俺の両腿の内側へと手をやると、更に脚を大きく開かせ、丹念に俺自身を舐《ねぶ》ってゆく。

「……んっ」

閉じた唇の間から小さく声が漏れてしまった。後ろについた手が次第に辛くなってくる。が、俺は何故かそんな不自然な体勢のまま、彼の頭がゆらゆらと動いているのを、彼から与えられる快楽に身を捩りながら見下ろしていた。

何故俺は彼に身体を預けているんだろう――。

びくびくと彼の口の中で俺自身が震えている。

男に——同性に咥《くわ》えられているなんて、普通じゃあ考えられない、嫌悪しか感じられないことのはずなのに、何故俺はこうして俺を咥え、舌を絡めてくる彼のことを、抵抗もせずに見下ろしているのだろうか。

いよいよ限界が近づいてきて、堪らず俺は彼の口淫から逃れるために身体を大きく捩ろうとした。気づいた彼が俺を口に含んだまま、顔を見上げてくる。カチ、と音がするほどに互いの目が合った瞬間、強烈な羞恥心《しゅうちしん》が甦ってきた。なにをしていたんだ、と俺は慌てて更に身体を捩り、彼の手から逃れようとしたが、彼は俺の脚をしっかりと捕らえると、俺を見上げたまま口に含んだそれを見せつけるかのように、ゆっくりと唇を先端へと向かわせていった。

「……っ」

与えられる刺激と、視覚的な刺激にまさに達しそうになり、耐え切れずに小さく悲鳴を上げたそのとき、いきなり携帯電話の着信音が室内に響き渡り、俺たちは互いにびくりと身体を震わせ、思わず周囲を見回した。

「……違う」

俺の脚の間で、自分の置いた携帯電話を振り返り、高梨氏が小さく呟く。ということは俺の携帯か、と、俺は身体を引くと、確か昨夜ベッドの傍に置いたはずの携帯を求め、四つん這いになりながら——立って歩くのがキツかったからである——その方へと向かった。携帯を拾い上げて画面を見、それが里見からだとわかる。

「もしもし？」

応対に出ながら、いつもと同じ声が出たことに俺はほっとしていた。

『ああ、田宮？　俺だ』

周囲がやけにやかましい。どうやらどこか店の中らしい。

「里見、どうした？」

そう答えたとき、背中に体重を感じ、焦《あせ》って後ろを振り返った。いつの間にか近づいてきていた高梨氏が四つん這いになっていた俺の背中に伸し掛かってきたのである。

『今、接待中なんだけどお前のことが気になってな。元気か？』

電話の中身を聞こうというのだろうか、と俺は眉を顰めて俺の肩に顎《あご》を乗せてきた彼を睨んだが、高梨氏の意図は別にあった。

「ああ、だいじょう……っ」

答えかけたのに俺が息を呑んでしまったのは、あろうことかいきなり高梨氏が俺に伸し掛かりながら、後ろに指を挿入させてきたからだった。

『田宮？　どうした？』

周りが騒がしいからだろう、里見が大きな声で不審そうに尋ねてくる。

「なんでもない、大丈夫だ」

答えながら、俺は四つん這いのまま身体を前へと移動させ、高梨氏の手から逃れようとした。が、高梨氏は俺の下から退こうとせず、後ろに入れた指をゆるゆると動かしはじめる。

『ちゃんとメシとか食ってるのか？』

心配そうな声を出す里見を安心させてやりたいのに、口を開くと違う声が漏れそうになり、俺は唇を噛み締めたまま、やめろ、という意味をこめて肩越しに高梨氏を睨み上げた。高梨氏は、首を竦めると後ろから指を引き抜き、俺の身体の上から退いた。

ほっとして電話を握り直し、

「悪い」

と詫びたあとに、大丈夫だよ、と答えようとした俺は思わず電話を取り落としそうになってしまった。なんといきなり高梨氏が彼の雄を俺の後ろに捻じ込んできたからである。

「なっ……」

慌てて電話を持ち直した俺は思わず小さく声を上げてしまった。

『田宮？』

またもや不審そうに里見が電話の向こうから問いかけてくるのに、俺は、なんでもない、と答えようとしたが、ぐい、と力ずくで腰を引き寄せられ、雄を奥底まで埋め込まれると、う、と小さく唸ったきり、口が利けなくなってしまった。

『田宮？　どうした？』

ますます不審そうに里見が大声で尋ねてくるのに、俺は必死の思いで、

「な、なんでもない」

と答えながら、一体どういうつもりだ、と再び肩越しに高梨氏を睨み上げる。高梨氏はぺろりと舌を出し、またぐい、と俺の腰を自分の方へと引き寄せ接合を深めてきた。

「……っ」

俺は必死で唇を嚙んで、上がりそうになる息を抑えた。

『大丈夫か？』

里見の周囲が騒がしいのだけが救いだった。俺は必死で普通の声を出そうと苦労しながら、

「悪い、ちょっと今取り込み中で……また明日電話、していいか？」

と即刻電話を切ろうとした。

『ああ、それはかまわないが……どうした？　取り込み中って何があったんだ？』

心配してくれている里見には申し訳ないと思ったが、俺はもう我慢の限界で――というのも、今度はあろうことか高梨氏は俺の前にも手を伸ばしてきたからである。

「ごめん、また明日」

と言うと、彼の返事を待たずにそのまま電話を切った。はあ、と大きく息をつく俺の背中でくすくすと高梨氏が笑っている。

「あのねえ」

俺は電話を床に投げつけると、思わず大きな声を出し、彼の力を振り返った。

「かんにん……」

笑いながら高梨氏が俺を後ろから抱き締めてくる。

「ふざけるにもほどが……っ」

更に彼を怒鳴りつけようとする俺の声を止めようとでもしたのか、高梨氏の手が俺の雄へと絡みつき、激しく扱き上げた。

「……ぁん……」

あん、ってなんだよ、と俺が自分の上げてしまった声に思わず羞恥で顔を伏せてしまったのに乗じるように、高梨氏は俺を扱く手を休めず、腰まで激しく使いはじめた。

「……あっ」

前後の刺激に耐えられず、その場に崩れ落ちそうになる俺の身体をしっかり支えながら彼が抜き差しのピッチを早める。俺は昨夜のように知らぬ間に高い声を上げてしまいながら、彼の腕に自分のすべてを預けていったのだった。

「……怒ってる？」

はあはあとまだ荒い息の下、高梨氏が俺の顔に細かいくちづけを繰り返し囁いてくる。

「…………」

俺はまだ息が整わず、無言で首を横とも縦ともつかないように振った。

怒っている、というよりは、何故自分がこんなことをしているのかが不思議だったからなのだが、彼はそんな俺を抱き寄せると、

「ほんま……好き……」

と囁き、戸惑い彼を見上げる俺の顔を見下ろして微笑んだ。

好き――。

その言葉を聞いた途端、何故か俺はたまらない気持ちになり、彼の肩へと顔を埋めた。

「……どないしたん？」

優しげな口調で耳元に囁いてくる彼の声と、背中に回された腕の温かさがますます俺をたまらない気持ちにさせ、俺は無言で首を横に振ると、抱き締められるがままに彼の肩に顔を埋め続けた。

好き。

心の中で俺も呟いてみる。一目惚れしていたのは俺の方なのかもしれない、と俺は一昨日の朝、新幹線で俺を見てにっこりと微笑んだ高梨氏の顔を思い起こし、ぼんやりとそんなことを考えていた。背中をあやすように叩いてくれる彼の手が心地よい。

「好き」

高梨氏の囁く声に頷きながら、あまりにも安らかな気持ちのままに、俺は次第に眠りの世界へと引き込まれていった。

翌朝、俺が目覚めたときにはもうベッドには高梨氏の姿はなかった。半身を起こして室内を見回していると、浴室から俺の貸したスウェットを身に着けた彼が髪をタオルで拭いながら現れ、

「おはよう」

と俺を見て笑った。

「おはよう」

挨拶を返しつつ俺は枕もとの時計をちらと見、まだ七時にもなってないことに驚いた。

「早いですね」

「いっぺん、着替えに戻らんとあかんのでね……起こしてごめんな」

言いながら彼はベッドへと近づいてくると軽く腰をかけ、

「おはようのチュウ」

と俺の唇を塞いだ。

「……ベタ」

「ベタでかまわんよ。おはようのチュウ、いってきますのチュウ、ただいまのチュウ、おやすみのチュウ……」

高梨氏はそう言いながら、細かいキスを、もういいよ、と顔を顰める俺に与えてきたかと思うと、最後ににやりと笑って、

「起き抜けに一発やりましょうのチュウ」

いきなりベッドに俺を押し倒し、貪《むさぼ》るようなくちづけを落としてきた。

「……っ」

ちょっと待った、と俺は必死で彼の胸を両手で押し上げ、彼の唇を避けようとする。

「なに？」

不満そうに問いかけてくる彼に俺は、

「さっき帰るって……」

言ったじゃないか、と尚も抵抗を続けながらそう言うと、

「ああ、帰らなあかんのですけどね」

爽《さわ》やかな朝の運動、などとふざけたことを彼は言い、俺の上に伸し掛かってくる。

「朝からっ」

高梨氏が下肢へと伸ばしてくるその手を振り払い、俺が睨み上げると、

「だって昨夜は一回しかやらんかったやないですか」

と彼は口を尖《とが》らせた。露骨なその表現に言葉を失う。そんな俺の脚を高梨氏は無理やり開かせると、

「またシャワー浴びなあかんなあ」

と嬉しそうに溜息をついてみせた。

「浴びんでいい」

思わずそう言い返し、器用に脚だけで自らスウェットの下を脱ぎつつある彼の手から逃れようと俺は最後の抵抗を試みた。

「一緒に浴びよ」

そう囁きながら高梨氏が俺の雄へと手を伸ばしてくる。そのまま扱き上げられそうになったそのとき、不意にドアチャイムの音が鳴り響いた。

「？」

俺と高梨氏は思わず互いに顔を見合わせ、動きを止めて玄関の方を見やった。

「田宮？」

ドンドンと扉を叩き俺の名を呼ぶ声は——里見だった。

「誰？」

俺の上から身体を退かせ、スウェットを引き上げながら高梨氏が俺に尋ねる。

「……会社の友人です。昨日電話をくれた……」

俺は慌てて起き上がると、室内を見回し、自分のTシャツとトランクスを捜した。昨日、テーブルの傍《そば》で脱がされたそれを見つけると俺は全裸のままベッドを抜け出し、慌ててそれらを身に着けながら、高梨氏の方を振り返る。高梨氏も身なりは整えていた——といってもスウェットの上下じゃたかが知れてるが——のを確かめると、俺は玄関へと向かった。ドアを開くと、俺の顔を見て里見はほっとしたように溜息をついた。

「どうした、こんな朝早くに……」

昨日変な電話の切り方をしたからかな、と思いつつ俺が尋ねると、果たして思ったとおりの答えが返ってきた。

「いや、昨夜の電話の様子があまり変だったんでどうにも気になってな」

真面目《まじめ》な顔でそう言われ、思わず、すまん、と頭を下げると、

「いや、無事ならいいんだ」

と里見は心底安心したような顔をした。自分がそのときどんな姿でいたのかを思い出すと、彼に対して申し訳なさが非常に募る。

「ほんと、ごめん」

再び頭を下げた俺に、里見は、いいよ、と笑ってくれたのだったが、どうやら高梨氏の存在に気づいたようで、俺の肩越しに室内を覗き込み、

「誰？」

と囁いてきた。と、俺の傍らをすり抜けるようにして、いつの間にか支度を済ませていた高梨氏が、

「そしたら、また」

と部屋を出て行こうとした。

「あ……はい」

後ろ姿を見送っていた俺は、彼が自分のスーツを忘れていることに気づいた。

「高梨さん」

と呼び止め、振り返った彼に、ちょっと待ってて、と言い置いて、部屋の中へと引き返す。

スーツ入りのゴミ袋を手に急いで戻ってくると、

「忘れ物」

と所在なさげに里見の横に立っていた高梨氏にそれを差し出した。


「ああ、忘れとった」

ありがとう、と高梨氏は俺に礼を言い、それじゃあ、と里見に会釈してゴミ袋を担ぎカンカンと外の階段を駆け下りていった。

「……誰？」

明らかに不審そうな顔をしながら、里見が俺と、去っていった高梨氏を代わる代わるに眺めている。一体なんて答えればいいのか、と心の中で頭を抱えつつ、

「まあ上がってくれよ」

と俺は彼を部屋へと招き入れたのだった。

6

「ほんと、申し訳なかった。今コーヒーでもいれるよ」

俺は里見《さとみ》を座らせると、自分はキッチンへと向かった。

「ごめん、寝てたんだろ？　寒いからなんか着ろよ」

里見は俺の背中にそんな親切な言葉をかけてくれる。確かにまだTシャツとトランクスだけじゃさすがに肌寒かった。

「悪いな」

と俺は先にベッドの傍《そば》に放ってあったジーンズを穿《は》くと、改めてキッチンに向かい湯を沸かしはじめた。ガス台の薬缶《やかん》を見つめながら、さてどうしたものかと腕組みをして考える。

里見は当然、自分と入れ違いに帰っていった高梨《たかなし》氏のことを追及してくるに違いない。スウェットにゴミ袋、というあの姿はどう見ても『不審な男』だ。

だが果たして正直に刑事である、と告げていいものなのか、と俺は迷っていたのだが、まあ里見なら心配ないだろうと思い直し、ようやく沸いた湯でいれたコーヒーを手に彼の待つ部屋へと戻った。

「サンキュ」

カップを受け取りながら、里見は俺のベッドの方をちらと眺めた。この部屋は広めの1DKで、窓際に置いたベッドの目隠しにサイドボードを置いているのだが、それほど背の高いものではないのでちょっと伸び上がればベッドが丸見えなのである。

俺もつられてそちらへと視線をやり、昨夜の痕跡《こんせき》が残ってないかと今更ながら心配になった。布団は乱れているが——さっきの高梨氏の悪ふざけのせいだ——そこで昨夜何が行われたかなんてことは絶対わかるわけがない。そう自分にいいきかせ、視線を里見に戻すと、里見はコーヒーを飲みながら、

「部長から、お前に伝えてくれって言われたんだけどな」

と俺の顔を見ずにぼそりと切り出した。その様子から、俺にとっていい話ではないな、と察し、

「なに？　当分自宅待機しろ？」

と先回りして里見に尋ねる。里見は、ああ、と溜息《ためいき》交じりに頷《うなず》くと、

「お前が出社すると、どうせまた警察が話を聞きに来るから……今は『休んでいる』と言って受付で断ってるんだけどな、渡部《わたべ》工業との商談が纏《まと》まるまではいろいろな意味で気を遣《つか》いたいと……警察にうろうろされてるところなんかを、見られたくないと言うんだな」

と次第に憤《いきどお》ったような口調になっていった。

「だいたい部下が窮地に陥ったときは庇《かば》ってこその上司だろうに、できるだけかかわり合いになりたくないっていうのがミエミエなんだよ。渡部工業のことだって、お前がコツコツ二年もかけて努力してきたのがようやく実を結んだっていうのに、それがわかっていながら、警察が来るからお前は会社に来るな、なんてことがよく言えるもんだと思うよ」

里見はガタンと音がするほどにカップを勢いよくテーブルへと戻し、その音に我に返ったように、

「ああ、すまん」

と詫《わ》びた。

「いや……そんなもんだよ」

俺は里見の気持ちが嬉《うれ》しかった。が、まさか今と同じ調子で部長に食って掛かったんじゃないかと心配になった。

「お前……部長に同じこと言ってないよな？」

「言ったら嫌な顔されたけどな」

里見が俺を見返してにやりと笑う。やっぱり言ったのか、と俺は溜息をついた。俺のせいで、彼の社内での立場まで悪くなってしまっては本当に申し訳ない。里見は昔から正義感の強いタイプだったので、この手の貧乏籤《くじ》を引きがちなのだ。

「俺は大丈夫だから……お前、あまり社内で孤立するような真似《まね》するなよ？」

「俺の方こそ大丈夫だよ」

里見は笑ったあと、しみじみした口調になった。

「ほんと、お前は昔から変わらないよなあ」

「そうか？」

「そうそう。絶対人の心配なんてしてる場合じゃないってくらい自分の方が大変な状況でも、お前はいつも『俺は大丈夫』とか言って人の心配するんだよな。全然大丈夫じゃないっつーの」

「……お前に言われたくないよ」

里見も俺をそんなふうに見ていたなんて、という思いから俺はついぼそりとそう答え、二人顔を見合わせて笑ってしまった。

「まあ、元気そうで安心したよ。昨日は一体何が起こったのかと気が気じゃなかったからな」

ひとしきり笑ったあと里見はそう言うと、思い出したように尋ねてきた。

「そうそう、さっきのあの男——誰？」

「ああ……」

俺は少しだけ言い澱《よど》んだが、里見が不審な顔をしかけたのを見て、これは正直に言っておこうと思い、

「刑事だよ」

と素性を明かしてしまった。

「刑事ぃ？」

里見が心底驚いたように大きな声を出す。俺は、ああ、と頷くと、高梨氏と新幹線で偶然隣り合わせたこと、大阪から彼と一緒に東京へと戻ってきたこと、俺には結構好意的に接してくれ——勿論《もちろん》『一目惚《ぼ》れ』されたことや、結局関係をもってしまったことは省略したが——昨日は俺が捨てた証拠の品をゴミ収集場から捜し出してくれたことなどをかいつまんで話した。

「……証拠の品？」

里見が首を傾《かし》げて俺を見る。

「ああ……俺が公園で乱暴されたときに着ていたスーツや下着、出張に出る朝に捨ててしまったんだよ。その下着に、もしかしたら俺を襲った男の精液が残っているかもしれないって——」

口に出した途端、『精液』という言葉の生々しさに改めて気づき、俺は思わず里見を探るように見てしまった。里見も俺を一瞬痛ましそうな顔で見返したが、すぐにその表情を引っ込めると、まるでなんでもないことのように、

「そうか、精液からも血液型が割れるしな」

と淡々とした口調で会話を続けた。

「そうなんだよ」

俺は彼の気遣《きづか》いに感謝しながら、

「警察は俺の言葉を少しは信じてくれたのか、俺が出したゴミを収集場のゴミの山の中から捜し出してくれたらしい。ようやく見つかったという連絡があって、今、鑑識に回してるらしいんだが、高梨さんが——あ、さっきの人な、昨夜、それを報告に来てくれて、着ていたスーツがゴミ臭ですごいことになってたから俺がスウェットを貸してやったんだよ」

と彼があんな格好をしていた理由を説明した。

「昨夜来たってことは……あいつ、ここに泊まったのか？」

里見が少し険しい顔になり俺に尋ねる。

「うん……」

やっぱり不自然だよなあ、と思いつつ頷くと、

「なんで泊まるんだよ？」

と里見はますます突っ込んできた。

「さあ……」

さあ、というのも呑気《のんき》な話だが、里見に改めて聞かれるまで、俺は何故《なぜ》高梨氏が昨日俺の部屋に泊まったのか、その理由を考えてもみなかったことに気づいた。

当初はたしか、『張り込み』を外でするのは寒いから、部屋の中に泊めてくれ、だったような気もするのだが、結局のところ彼の本当の目的は、やっぱり『あれ』だったのだろうか、と思えなくもない。

が、まさかそんなことを里見に言えるわけもなかった。

「俺を張り込んでいるんだと思うよ。俺本人にはさすがにそうは言えないみたいだけどな」

尚《なお》も不審そうに首を傾げる彼を納得させようと、俺は適当にそう言ったのだったが、ふと実はそのとおりなのかもしれない、と思えてきてしまった。

「なんだよ、やっぱり警察はお前を疑ってるってことじゃないか」

里見が険しい顔をして怒鳴る声を聞くうち、ますますその思いは強くなる。

なんだかやりきれないような気持ちになってしまって、俺はそれを吹っ切るように、

「まあ、仕方ないよ。俺をよく知る社内の人間だって俺のことを疑ってるくらいだからな」

とわざと明るく笑った。

「俺はお前を信じてるからな」

不意に真摯《しんし》な顔をして、里見が俺を見つめる。

「……里見……」

その真剣な眼差《まなざ》しに俺の胸は熱くなった。昨日の朝も俺を心配して、始業前の忙しい時間にわざわざ訪ねてくれ、夜も気を遣って接待中だというのに俺に電話をくれる彼の心遣いが、

今の俺には何よりありがたいものに感じる。

その電話の様子がおかしかったからと心配してわざわざこうして俺を訪ねてくれたことを、改めて本当に申し訳なかったと心から反省しつつ、

「ほんと……ごめんな」

と彼に向かって頭を下げた。

「何を謝っているんだよ？」

里見が不思議そうな顔をして、俺の顔を覗《のぞ》き込んでくる。

「……えーっと」

『何』と言えるわけもなく、俺はしばし答えに窮《きゅう》したあと、

「ありがとな」

と言い直すことにした。里見はそんな俺を見て微笑《ほほえ》むと、俺の肩を叩き、よいしょ、とその場に立ち上がった。

「また来るよ。今度は夜に……事件のこともゆっくり話したいしな」

「ああ……」

俺もまた立ち上がりながら、島田が殺された理由やその犯人に俺が選ばれた理由を、里見と頭を突き合わせて考えれば、もしやその糸口でも探り当てられるかもしれないと思えてきた。彼の眼差しが——俺への絶対的な信頼とその篤《あつ》い友情とをひしひしと感じさせる、里見

の眼差しの力強さが、俺にそんな期待を抱《いだ》かせたのかもしれない。

「ありがとな」

俺の口から自然とまたその言葉が漏れた。

「……礼なんか言うなよ」

里見は照れたように笑うと、じゃあまた電話するから、と玄関のドアを出ていった。

昨日の朝と同じようにカンカンと階段を下りてゆく音が聞こえる。俺はしばらくその場に佇《たたず》んでその音に耳を傾け、再び「ありがとな」と口の中で呟《つぶや》いた。

昼過ぎまでだらだらとテレビを見て過ごしたあと、不意に蚕糸《さんし》の森《もり》公園に行ってみよう、と思い立った。昨日はいくら思い出そうとしても少しもこれという新しい事実を思い出すことができなかったが、実際襲われた現場に立つことで、何か少しでもあのときのことを思い出せるのではないか、と考えたのだ。

再びあの場所を訪れるのはさすがにあまりいい気持ちはしなかったが、そんなことも言っていられない。まあ深夜ならともかく、こんなに陽《ひ》が高いうちなら危険な目に遭うこともないだろうと、ともすればあの夜のことが甦《よみがえ》り、思わず竦《すく》みそうになる自分を叱咤《しった》しつつ、財布と携帯だけを持って出かけることにした。

陽光に照らされた公園はあの夜とは全く違う様相を呈していた。子供たちが楽しげに笑いながら走り回っている。赤ん坊を連れた主婦もいる。噴水の近くのベンチはほぼ埋まり、皆

がにこやかに談笑している中を、俺は一人、あの夜のことを思い出しながら公衆トイレへと向かって行った。

夜目にはよくわからなかったが、明るいところで見るそのトイレは壁全体にスプレーで落書きをされ、とても『公衆』が使うような様子ではない。現に今も、トイレの中は無人だった。あの日と同じような酷《ひど》い臭気の中、俺はゆっくりと、俺が連れ込まれた個室へと足を進め、黄ばんだ便器の前に立ち尽くした。


『ズボン、脱いで』


くちゃくちゃとガムを噛《か》みながら俺にそう命じた男の声に従い、あの夜俺はズボンを脱ぎ、トランクスも下に落としたのだった。それからネクタイを外せと言われて、ナイフを持った男の手が俺の手首をそれで縛り――そのとき、男は黒い手袋をしていたな、と俺は思い出した。

革の手袋だったように思う。ナイフを持ちながら、ちょっとやりにくそうに俺の手首を縛っていた。

その後俺は便器に両手をつかされ、腰を上げろといわれて踵《かかと》をあげて――俺はそのときと同じように便器の縁に両手をつき、両足を開いて背伸びをしてみた。あのときは男が後ろに立っていたからはっきりとは言えないが、確か個室の戸は開けっ放しだったように思う。と、そのとき、自分の足の間にいきなり人の姿が飛び込んできたことに俺は驚き、目を見開いた。トイレに入ってきた彼らも驚いたように俺のことを見る。何より俺を驚かせたのが、先頭に立っていたその男が、あまりに馴染《なじ》みのある人物だったからだ。慌てて身体《からだ》を起こして振り返った俺に、

「なにしてんの？」

と小首を傾《かし》げながら問いかけてきたのは、既《すで》にスーツに着替えた高梨氏であった。彼の後ろで、若い、いかにも体育会系の男が不審さを隠そうともせず俺のことをじろじろと見ている。

「いや、何か思い出せないかと思って……」

そう言う俺のすぐ傍まで高梨氏はつかつかと歩み寄ってくると、

「怖い思いしたばっかりやのに、一人でまたこんなとこ来るなんて……あかんよ？」

と少し厳しい顔をし、耳元に囁《ささや》いてきた。

「でもまだ明るいですし……」

「明るいうちかて変質者はようけおるしね、こんな誰も使わんようなトイレであんなカッコして……襲ってくださいゆうとるようなもんやないですか」

高梨氏は俺にしか聞こえないような声でそう言うと、俺の両肩に手を乗せ、

「送っていきますよって……」

とにっこりと微笑みかけてきた。

「え、だって仕事中じゃあ……」

俺は彼の肩越しに、さっきから俺たちを厳しい目で睨《にら》みつけている男の方をちらと見やった。高梨氏は、ああ、と軽く頷くと、男を振り返り、

「先に戻っていてくれ。私は彼に少し話を聞くから」

と綺麗《きれい》な標準語でそう告げた。

「そりゃちょっと警視、マズいっすよ。また課長に俺が怒られる……」

途端に男が情けない顔になったのにも驚いたが、確か今、彼は高梨氏のことを『警視』と呼ばなかったか、と俺はそっちの方にもかなり驚いてしまい――警視といったら、よくは知らないが、かなり上の役職のはずだ――改めて目の前の高梨氏をまじまじと見つめてしまった。

「ぐずぐず言うな。大丈夫だ。課長には私から説明する。いいから君は先に帰ってくれ」

高梨氏は有無を言わせぬ口調でそう言うと、でも、と言い縋《すが》る若い男をひと睨みし、わかりましたと男が出ていくまで厳しい顔を崩《くず》さなかった。

「それじゃ、先に帰ってます」

若い男は仕方がない、というように頭を下げるとトイレから駆け出していった。

「警視……？」

彼の姿が見えなくなった途端、にっこりと俺に微笑みかけてきた高梨氏に向かって、俺は思わず問いかけてしまった。

「ああ、まだちゃんと手帳見せてへんかったね」

高梨氏はそう言うと内ポケットから警察手帳を取り出し、

「高梨良平《りょうへい》です」

と俺に身分証明のページを開いて見せ、ふざけたように頭を下げた。そこには制服に身を包んだせいか、普段より三割増しに凛々《りり》しく見える彼の写真と、その名前のあとに『警視』という黒々とした筆文字が記されていて、俺は唖然《あぜん》としながら彼と、その手帳を見比べてしまった。

「……それにしてもほんま、びっくりしたわ」

手帳を仕舞いながら、高梨氏が俺に笑いかける。

「私も驚きました」

ついつい敬語になってしまうのは、やはり警視の肩書きのためだろうか。我ながら小市民だ、と思いつつも俺がそう答えると、高梨氏は苦笑しながら、

「普段どおりでええよ。二人なんやし」

と俺の頭を自分の方へと引き寄せようとした。公共の場で何をするつもりだ、と俺は思わ

ず両手を彼の胸につき、

「やめろよ」

と彼を睨んだ。

「そうそう、それでええよ」

高梨氏は笑って俺から手を離すと、不意に真剣な顔になり、

「……で？」

と俺の顔を覗き込んできた。

「……で？」

何が『で？』なんだろう、と思って尋ね返すと、高梨氏は、

「もう……抱き締めたいわ」

と破顔し、本当に俺を抱き締めてきた。

「おい」

慌てて抗《あらが》う俺の身体を彼はすぐに離すと、真剣な顔で俺を見下ろした。

「……で、何か思い出しました？」

「…………」

俺はまた振り返って便器を眺める。ぐるりと個室の中を見回しながら、

「……いや……」

と首を振りかけ――。

「あ」

と小さく声を上げた。が、あまりに些細《ささい》なことなのと、内容が内容だけに、「なに？」と俺の顔を覗き込んできた高梨氏に向かって、

「いや……」

と一瞬言い澱んだ。

「なんでもええんです。どんな些少《さしょう》なことでも……何か思い出したことがあったら……」

高梨氏は俺の肩に手を置くと俺から周囲に目線を巡らせ、

「鑑識に指紋を採らせたんやけど、いかんせんあまりに量が多すぎて何の手がかりにもなりません。その上、あなたが襲われた翌朝、区の清掃員がここの床を洗い流してしまいよったさかい、足跡も残ってません。何か、ほんまになんでもええんです。思い出したことがあったら、どんなしょうもない思えるようなことでも何でもええんで話してもらえませんか？」

と再び俺の顔を真摯な眼差しで見つめた。

足跡か――と俺はまた別のことを思い出し、

「靴が……」

と高梨氏の顔を見上げた。

「靴？」

高梨氏が眉を顰《ひそ》め、俺の言葉を待つようにして首を傾げる。

「……スニーカーの先……ゴムのところに、三角形のような形をした傷があった……と思う」

そう、便器に両手をつかされ、うつ伏せにさせられていた俺の目に入っていたのはジーンズを履いた男の足と、その靴だった。はっきりとメーカー名は確認できなかったが、右の靴の先には、少し目立つ三角の傷があったことを今思い出したのだ。

「傷……」

高梨氏が呟く様子に、それが何の手がかりになるんだ、と自分でも思い、俺は小さく溜息をついた。

「いや、どんなことでもええんや。何がきっかけになるかわからんさかいな」

高梨氏は俺を元気づけるようにそう笑うと、

「辛《つら》いことやのに、よう思い出してくれたな」

とまるで子供にするように俺の頭をぽんぽんと軽く叩《たた》く。俺はなんだか恥ずかしくなってしまって、顔を顰《しか》めて彼から目を逸《そ》らせた。

「……じゃ、いこか」

そんな俺の背中に手を回すと、高梨氏は俺を促しトイレから出ようとした。俺は最初に思いついたことを言うべきか言わざるべきかを一瞬悩み、やはり言おう、と決めると、その場で足を止めた。

「もう一つ……思い出したんだけど」

「……なに？」

高梨氏が再び真剣な顔をして俺の顔を覗き込んでくる。

「……つまらないことなんだけど……」

言い訳してしまうのは言い難いからだったのだが、そんな俺の心理がわかるのか、高梨氏は言い澱む俺をせっつくことはせず、辛抱強く俺が口を開くのを待ってくれた。

俺はそんな彼の気遣いに応えるべく、ぽつぽつと話しはじめた。

「……最初……俺をナイフで脅かしたときも、ここに連れ込んで俺にズボンを下ろさせたときも……俺のネクタイで俺の手首を縛ったときも、あの男は黒い革の手袋をしてたんだけど……」

俺はそこまで話すと俯《うつむ》いて、言葉を探した。が、どう言っても結局は一緒か、と思い直し、再び口を開いた。

「俺の中で射精したあと……前に手を伸ばしてきて俺のアレを握ったとき……奴は手袋を外していたと思う」

とても顔を上げて言い続けることはできなかった。その上、それがどうした、というような本当に些細な内容だ。途中で手袋を男が外した、それが何か役に立つ情報とはとても俺には思えない。

「ごめん……それだけなんだけど」

俺はまた小さく溜息をつくと高梨氏を見上げ——いきなりその場で抱き締められてしまった。

「おい……？」

「ごめん、ほんまごめんな」

高梨氏は俺をぎゅっと抱き締めて囁くと、俺から身体を離し、

「辛いこと言わせてしもて、ほんま、ごめん」

と俺の前で頭を下げた。

「いや、そんな……謝ってもらうようなことじゃ」

俺は慌てて高梨氏の顔を覗き込むと、胸に鬱積《うっせき》していた思いを吐き出すかのように喋《しゃべ》り出していた。

「ほんと、たいしたこと思い出せないんだ。実際ここに来てみたら何か思い出せるかもしれないと思ったんだけど、全然駄目なんだ。昨日からずっと考え続けてるんだけど、少しも思い出せない自分が、ほんともどかしくて……何かあの男の手がかりになるようなこと、なんでもいいから思い出したいのに、いくら考えても同じことしか思い出せない自分が情けなくて……こっちこそ、ほんとにごめん」

と俺も彼の前で頭を下げた。

「あやまらんかて……」

高梨氏はそう呟くと、

「最後の一回」

と言ってまた俺の背をぎゅっと抱き締める。

「……仕方ないですわ。犯人は計画的にあなたを襲ったと僕は考えてます。そやないと島田《しまだ》さん殺害にあなたのネクタイを使った理由がわからない。もともと犯人は計画的に、決して正体が知れないように気を配りながらあなたを襲ったわけやから、その特徴をあなたがあまり覚えてなくても、仕方がないことでしょ」

高梨氏はすぐに身体を離し、俺の顔をまた覗き込むようにして微笑んだ。彼の言葉を聞き、俺は思わず、朝、心に芽生えた疑念を口にしてしまっていた。

「高梨さん……俺のこと、疑ってたんじゃないのか……」

「なになに？　なんで？」

高梨氏は心底驚いた顔をして俺の両肩を摑んで揺さぶった。

「だって……昨日もウチに泊まったし……『張り込み』かなって……」

勢いに押されて俺が思わず答えると、高梨氏は、なあんだ、と俺の肩から手を離し、その場で笑いはじめた。

「……高梨さん？」

「あほやなあ……なんで泊まったかなんて、まさかほんまに気づいてへんの？」

高梨氏はくすくすと笑いながら俺の背中に腕を回すと、俺の耳元に囁いた。

「そんなん、あなたと『したい』からに決まっとるやないですか」

「『したい』……って……」

何を、と尋ねかけ、すぐに目的語に気づいた俺は思わず彼から身体を離すと、

「あのねえ」

と溜息交じりに彼を睨みつける。

「……今夜も仕事終わったらお邪魔しますから……ふふ、こんなときだけやなあ、『警視』でよかった思うんは。皆、よう文句言えへんからね」

「職権乱用……」

思わず呆れて呟いてしまった俺の背に回した腕にぐっと力をこめると、

「メシでも食って帰りましょう」

と高梨氏は、俺に向かってにっこりと笑いかけたのだった。

7

結局、俺と高梨氏は環七《かんなな》のデニーズで一緒に昼食をとることにした。午後一時近かったので店内はやけに空《す》いている。それにしても、こんなところで俺と油を売ってて本当にいいのか、と俺は鼻歌を歌いながらメニューを捲《めく》っている高梨氏の顔をちらと見やった。

「なにがええやろ……ファミレスでは僕、デニーズが一番お気に入りなんやけどね」

どこかウキウキした口調の高梨氏はそんな俺の顔を見返し、にっこり笑う。こんなに呑気なことを言っているが、先ほどの部下らしき若い男への態度はまさに『警視』という役職のイメージどおりの厳しさに溢《あふ》れていた。

だが今彼は俺の前で、「やっぱりデニーズゆうたらナタデココは外せへんしなあ……何がええかなあ」とまるで別人のように、真剣すぎるほど真剣にメニューを眺めている。

一体どちらが真の姿なんだろう、と俺は知らぬうちにまじまじと彼のことを見つめていたらしい。

「なに？　もう決まったん？」

不意に高梨氏がメニューから顔を上げ俺の顔を見たものだから、俺は慌ててメニューへと

視線を戻し、

「うん」

と決まってもいないのに適当に頷いていた。

「見惚《みと》れるほどええ男やった？」

くす、と笑いながら高梨氏が俺の顔を覗き込んでくる。

「見惚れてなんか……」

いたんだけど——といっても、別に『いい男』だから見惚れていたわけじゃないが、と俺はそのへんははっきりさせておこうかと顔を上げ、

「高梨さん、関西の人なんですよね？」

と今更のように彼の人となりについての質問を始めた。

「うん、そう。高校までは大阪。大学のときから東京やから、もう十年以上東京都民なんやけどね」

高梨氏は答えてくれたあと、そうそう、と俺の方に身を乗り出してきて、

「『高梨さん』なんて他人行儀な呼び方せんでええよ。『良平』って呼んでくれへんかな、ごろちゃん」

と俺からメニューを取り上げた。

「ごろちゃん？」

思わず大きな声を上げた僕の後ろに向かって、高梨氏が手を挙げたからだろう、

「お決まりですか？」

とウエイトレスが注文を取りに来て、いったん会話が中断された。全然注文を考えていなかった俺は、高梨氏が注文したあと、

「じゃあ同じで」

と言って誤魔化《ごまか》した。

「なんや、やっぱりごろちゃんとは気が合うなあ」

高梨氏は嬉しそうに、にっこり笑って俺を見て、俺の呼び名は『ごろちゃん』に決定してしまったようだった。

「あのねえ、高梨さん……」

ウエイトレスが注文を復唱してその場を立ち去ったあと、溜息交じりにそう言う俺の言葉を、

「『良平』」

と高梨氏は簡単に遮《さえぎ》り、

「ええやんか。どうせ歳《とし》かてそんなに違わんのやし」

な、ごろちゃん、とまたもやその恥ずかしい呼び名を連呼した。

「『ごろちゃん』はさすがにちょっと……」

俺は嫌な顔をしながらも、

「おいくつなんですか？」

と彼に問いを重ねた。そういえば俺は高梨氏の個人情報を少しも知らないのだ。警視庁捜査一課の刑事、ということだけしか知らず、関西弁がきついから関西出身なのかな、とか、いい身体してるからスポーツやってたのかな、とか、どうでもいいけどセックスが好きだな、とかいう認識しかなかった。

最後のはおまけだが、それしか認識のない彼とそれだけセックスをしてしまったというのは、我ながら不思議で仕方がない。

彼が『警視』であることもさっき知ったばかりだ。向こうは俺の個人情報を、捜査上の資料としてなのだろうが結構知っているというのは、何となく不公平な感じがする。

「大台。三十になったばっかり」

高梨氏はにっこり笑って答えてくれ、

「他に聞きたいことある？」

と、小首を傾げるようにして、俺に尋ね返した。

他に、といわれてもなあ、と俺はちょっと考え、そうそう、一番聞きたいことがあったと思いつき、彼に顔を寄せると小さな声で尋ねかけた。

「高梨さんって、ゲイなんですか？」

高梨氏は一瞬きょとんとした顔になったが、やがて周囲が振り返るような大声で笑い出し、

「もう……ほんまかなわんわ」

とテーブル越しに俺の肩を叩いた。痛いよ、と俺がちょっと顔を顰めて笑い続ける彼を見返すと、高梨氏は、かんにん、とまだ笑いながらも答えてくれた。

「ゲイ……ってわけでもないんよ。男とか女とか、あまり意識したことないねえ」

「はあ」

そんなもんなのかなと相槌《あいづち》を打った俺に、高梨氏は熱っぽい口調で語りはじめた。

「ごろちゃんにはね、ほんま、一目惚れやったんよ。なんや身体丸めて新幹線で寝てはる姿が可愛《かわい》くて可愛くて……新横から新大阪まで、ずーっと眺めとっても飽きんかった。ほんま、なんちゅうか抱き締めたいっちゅうか、守ってあげたいっちゅうか、その場で押し倒したいっちゅうかねえ」

最後が悪い、最後が——俺は思わず飲んでいた水を吹き出しそうになりながらも、今まで人にそんなことを——『可愛い』とか『守りたい』とか、勿論『押し倒したい』とか言われたことがないからなんだろうか、やたらと赤面してきて、

「もういいです」

と彼の顔すら見られなくなってしまった。

「照れ屋さんやねえ」

くすくすと高梨氏はそんな俺を見て笑っていたが、ちょうどそのとき料理が運ばれてきて、このわけのわからない会話は中断された。救われたような思いはしたものの、結局高梨氏のことは何一つ——年齢以外、聞くことができなかったな、ということに俺は食べながら気づいた。

彼の真意はどこにあるのかを俺が聞く機会はそのうちに来るのだろうか。

目の前で嬉しそうに既にデザートのナタデココを食べはじめた彼を見て、俺は密《ひそ》かに溜息をついた。

「そうそう、事件のことなんやけどね」

食事が終わり空いた食器が下げられると、高梨氏はテーブルに身体を乗り出すようにして、小さな声で話しはじめた。俺も彼の方へと身を乗り出し、一言も聞き漏らすまいと口元を真剣に見つめる。

「結局、ゴミ収集場から押収できたごろちゃんの服——と下着から、二種類の精液が検出できたんやけど、一人はA型、もう一人はO型で……」

「俺、O型です」

俺は思わず勢い込んで彼の言葉を遮った。高梨氏は、そう、と笑うと、

「この結果の連絡が鑑識からきて、俄然ごろちゃんの話の信憑《しんぴょう》性は増した……って、勿論僕は初めから信じとったけどね、それでさっき、また現場を見に来たんや。それともう一つ、

この辺り、去年暴行魔で話題になったたんやて？　その話も聞きに来たんやけど、そっちは空振りやったなぁ。犯人ももう捕まっとったし、被害者は女性ばっかりやったしね。男性が被害者になった暴行事件が起こってないかという聞き込みもさせとるんやけど、そっちもイマイチ反応がない。噂《うわさ》にすらなっとらんところを見ると、やっぱりごろちゃん襲った犯人は流しの犯行というよりは、ごろちゃんを狙《ねら》って襲ったとしか考えられへんような気がしてね」

とゆっくりと、俺に噛んで含めるような調子で話し続ける。

「……俺を狙って……」

俺は今更ながら背筋が寒くなるのを感じた。やはりあの男はあの公園の前で俺が通るのを、物陰に身を潜めて待っていたということなのだろうか。何のために？　俺に殺人の罪を着せるためか？

しかしそれだけが目的なら何故あの男は俺を犯したんだろう。結局最後には俺を気絶させたのだから、あの行為は全くのオプションだったことにはならないだろうか。

俺を犯人の身代わりにするという目的を攪乱《かくらん》するため――？

自然と眉《まゆ》を顰《ひそ》め厳しい顔になっていたのだろう、高梨氏が手を伸ばし、安心させるように、俺の肩をぽんぽん、と軽く叩いた。

「今、一課総出で捜査中やから……心配いらんて。僕が絶対その男、見つけ出すさかいな」

「高梨さん……」

「『良平』やて」

と高梨氏は笑い、

「いつまでも呼んでくれへんとペナルティつけるで？」

と冗談とも本気ともとれるような口調で、一回百円な、と俺を軽く睨んだ。

「無理だって……」

俺は溜息をつき、彼から目を逸らす。

「一回でええから呼んで。な、な、お願いっ」

高梨氏があまりにしつこく食い下がるのに閉口し、俺は、

「そ、そんなことより」

と話題を必死で戻そうと試みた。

「ってことは、俺を襲った犯人の血液型がA型、ということ？」

「……ということやね」

高梨氏も途端に真剣な顔になり、ちょっと言い渋ったあと、

「ほんま……どうやろ？　全く心当たりは……ないんかな？」

と俺の目を見返しながら尋ねてきた。

「ええ……知らない男だったと……」

俺は目を閉じ、またあの男の声を思い出そうと試みた。確かに知らない声だったと思う。

俺より随分若いんじゃないかとあのときも感じたのだった。声も、そのイントネーションも、どんなに記憶を辿《たど》ってみても少しも馴染みがなかったような――と、不意に俺はテーブルの上に置いていた手を握られ、驚いて目を開いた。

「大丈夫。これからその種の前科のある男と、ごろちゃんの衣服やなんかに残ってる指紋の照合をしようとしてるとこや。さっきの手袋の話聞いて、あの指紋も犯人が残したもんやないかという希望が見えてきたわ。今晩、ごろちゃんの指紋、指十本分採りにいくさかい、家におってな」

高梨氏はそう言うと、俺の手をぎゅっと一瞬握って、そろそろ行こか、と立ち上がった。

「今夜？」

俺も立ち上がりながら、もしかしたら、と、レジへ向かう高梨氏の腕を思わず摑《つか》んだ。

「なに？　都合悪いん？」

高梨氏が小首を傾げるようにして俺に笑顔で尋ねてくる。

「もしかしたら、あの……まだ警察は俺のことを一番疑わしいと思っているんじゃないですか？　本当なら警察に呼ばれて話を聞かれたり、指紋を採られたりするところを、高梨さんが止めておいてくれてるんじゃあ……」

俺の考えは当たっていると思う。容疑者扱いされている俺がこうして自由でいられるのも、すべて高梨氏がその権限において俺を警察の取り調べから守ってくれているのではないだろ

うか。が、高梨氏はそうとも違うとも言わず、にっこり微笑んだかと思うと、

「百円」

と右手の掌《てのひら》を俺に向けて突き出してきた。

「え？」

「『高梨さん』言うたら、今度からペナルティや言うたでしょ」

高梨氏は悪戯《いたずら》っぽく笑うと、不意に大股《おおまた》で近づいて来て、俺の肩を抱いた。

「身体で払ってくれてもかまへんよ」

耳元でこそっと囁かれ、思わず、

「馬鹿《ばか》じゃないか？」

と大声を出した俺の顔を見て、高梨氏はあははと笑うと、そのままレジへ向かっていったのだった。

それから高梨氏は俺を家まで送ってくれ、玄関先で軽く唇を合わせたあと——自然とこういうことをやってしまう自分が怖い——また今夜、と笑って駆け足で帰っていった。

「『良平』やからねえ」

階段の下から叫ばれたのには閉口したが、そのあと自然と、

「良平か……」

とまるで練習するように呟いている自分に気づき、一人赤面してしまった。すべてが彼の

ペースだ。でもそのペースに乗るのは、決して不快ではなかった。むしろ好ましいくらいだ。

「良平か」

俺は意識してもう一度そう呟くと、今夜来ると言っていた彼のために、何か夕食でも作ろうかな、などと殊勝なことを考えながら、冷蔵庫の中身をチェックしにキッチンへと向かった。

と、そのときポケットに入れっぱなしにしておいた携帯が鳴った。高梨氏か？　と思いつつ――別れ際、俺たちは今更のように携帯電話の番号を交換したのだ。「何かあったら遠慮せずにがんがん鳴らしてや？」と言う彼の携帯のストラップがピーポくんなのになんだか笑ってしまった――画面を見ると、里見からだった。

「もしもし？」

『もしもし？　俺だ』

多分外からなのだろう。街の喧騒《けんそう》が聞こえる中、里見が声を張り上げていた。

「ああ、どうした？」

彼とは朝、会ったばかりであったから、会社で何かあったのでは、と心配しつつ電話に向かって尋ねる。

『いや、今夜早く会社を出られそうなんだが、お前の家にまた行ってもいいかな？　社内で気になる噂を聞いたんだ』

八時には行かれると思うんだが、と里見が俺の都合を尋ねる。今夜か、と俺は一瞬高梨氏のことを考えたが、彼が来るから、といって里見の申し出を断るのも悪い気がしたし、何よりその『気になる噂』とは何なのかがそれこそ非常に気になった。

高梨氏は昨日も遅かったから、今日も来るのは遅いかもしれない、と俺は自分に都合のいいように考えると、

「ああ、じゃあ八時に待ってる。ウチで鍋《なべ》でもやろうか？」

いつの間にか夕食の相手を里見にスライドしつつ、そう答えていた。

『鍋、いいねえ』

里見は電話の向こうで笑うと、それじゃ八時に、と言って電話を切った。俺は多少の後ろめたさを覚えつつ、一応高梨氏に連絡をしておこうかなと思い、教わったばかりの携帯番号をプッシュした。

『もしもし？』

車の中らしい。1コールで電話に出た彼に田宮です、と名乗ると、

『ごろちゃん、なに？　なんかあった？』

と途端に彼が緊張を声に滲《にじ》ませたものだから、俺は電話をかけたことを少し後悔した。

「いや……何もないんだけど……」

考えてみれば警察官の携帯電話には緊急の用件がそれこそじゃんじゃんかかってくるんじ

ゃないだろうか。それなのに『今夜、友だちが来ることになったんだけど』などというつまらない用事を伝えようとしただなんて、とても言えるもんじゃない。俺は口ごもったあと、

「ごめん」

と電話を切ろうとした。

『なになに？　用事がないのにかけてくれはったの？』

電話の向こうから、嬉しそうな高梨氏の大声が響いてくる。

『わかった、面と向かっては言われへんから電話で「愛してる」って言いたかったんやろ？もう～、照れるわ』

そのまま一人で彼が盛り上がりはじめたものだから、

「いや、そうじゃなくて」

と俺は慌てて、実は今、会社の友人から電話があって、今夜八時に家に来ることになったことを伝え、

「高梨さんは何時にいらっしゃいますか？」

と彼の予定を尋ねた。

『なんや、そんなことかいな』

高梨氏はがっかりした声を出しながらも、

『そんなに早うは行かれへんよ。……まあ日付が変わる頃に行ければええ方やね』

と答えてくれた。

「待ってます」

俺はそう答えたあと、何故か一人でどきりとしてしまった。今夜はちゃんとした用事が

――俺の指紋を採りに来るという用事があるから彼は来るだけかもしれないのに、まるで来たあとのことを期待しているように聞こえたらどうしようと思ってしまったのだ。

『……待っとって』

くす、と笑い高梨氏はそう言うと、

『愛してる』

と電話に向かって『チュッ』と音をたててキスをした。

「……切りますよ?」

どうもこのノリには付き合いきれない。

『うそうそ、そんな怒らんかてええやん』

高梨氏は笑って、じゃ、またあとで、と電話を切ろうとした。

「あの……」

不意に俺の中に悪戯心が芽生えたのは、さっき彼が言った『面と向かっては言えないこと』が頭に残っていたからだろう。

『なに?』

高梨氏が電話を耳に当て首を傾げる姿が浮かんでくる。

一瞬の沈黙が流れる。俺は恥ずかしさのあまりそのまま電話を切ろうとした。と、電話の向こうから、

「……良平」

『……ほんま……好き』

という囁きが聞こえてきて、俺は、「うん」と小さく頷くと、それじゃあ、と慌てて電話を切ったのだった。

途端に頭に、かあっと血が上ってきてしまい、俺は一体何をやってるんだと混乱しながらまた用もないのに冷蔵庫を開けてみる。と、また携帯が鳴って、俺はまさか、と思いつつ画面を見——思ったとおりの相手からの電話に出た。

『あ、ごろちゃん？』

高梨氏はうきうきした口調で俺に話しかけてくる。

「はい」

声がぶっきらぼうになってしまうのは照れくさかったからだった。高梨氏には多分そんなことはお見通しなのだろう。うふふと笑いながら、本気としか聞こえない口調で、

『できるだけ早う行くさかい、お友だちにあまり長居せんよう言うといてな』

と呆れたことを言い出した。

「そんな無茶な……」

『そしたら、また夜にな』

チュッと再び携帯越しのキスをして、高梨氏は電話を切った。この調子だと、彼の乗っている車が目的地に着くまで何回電話があるかわからない、という俺の予想を裏切らず、高梨氏は、『あ、ごろちゃん？』をあと二回繰り返し、俺の夕食の支度を妨害してくれたのだった。


八時ちょっと前に里見はやってきた。

「ビール、買ってきたよ」

とスーパードライを土産《みやげ》に、俺が用意していた食卓の前へ座る。

「お前と鍋なんて久し振りだよなあ」

乾杯、とビールを飲み、顔を見合わせて笑い合った。確かに俺の家でこうして二人鍋をつつき合うことなど、この数年なかったような気がする。

会社も忙しければ互いにプライベートも忙しかった。会社の多忙さのお陰で俺のプライベートは——三年付き合った彼女とは去年別れてしまったのだったが——と、俺はここで、ふと、島田が付き合っていた男というのは一体誰だったのだろう、と思い、箸《はし》を動かす里見にそれを尋ねてみた。

「それなんだよ」

里見が俺の目の前で、男らしい端整なその顔を僅《わず》かに顰めた。

「え？」

なにが『それ』なんだろう？　と思いつつ、彼の顔を覗き込むと、

「俺が耳にした『気になる噂』……島田が付き合ってる男についてだったんだよ」

と里見は驚くべき話を始めたのだった。

8

「島田、先月、堕胎《だたい》手術をしていたらしい」

「なんだって？」

俺は持っていた箸を取り落としそうになってしまった。

島田が堕胎――？　俺の頭に彼女の屈託のない笑顔が浮かんだ。彼氏の愚痴を俺に零《こぼ》しながらも、彼が好きでたまらないのが見てとれるような彼女の笑顔――あの島田が堕胎手術をしていたなんて、と声を失い里見を見返す。里見は、うん、と頷いたあと、言葉を続けた。

「俺も信じられなかったんだけどな、警察がいろいろと調べていくうちにわかったらしい。社内でも知ってる人間はほとんどいなかった。それで警察は、島田と付き合っていたという男を今、捜しているらしいんだが、今のところ全く浮かんでこないみたいだ。堕胎したとなるとやっぱり不倫なのか、それとも何か他に理由があるのか……」

「不倫か……」

首を傾げる里見同様、俺も首を傾げながら、かつて彼女と噂になった前の部長の顔を思い浮かべた。

「島田が殺された理由が痴情の縺《もつ》れだとするのなら……例えば子供ができたのに、無理やり堕胎させてしまったのを、彼女が世間に公表すると言ったとか……そういうことも考えられるよな」

里見の言葉に頷きはしたが、不倫の噂にあれだけ怒ってみせた島田のあの態度はとても演技には見えなかったな、と思えたためそう言うと、

「まあ、女はわからないけどな」

あまり俺の観察眼を信じていないように里見は笑った。

「それにしても、付き合っていた男の愚痴をさんざん聞かされたというお前でも、それが誰だかわからないっていうのもなあ……」

本当に全く心当たりはないのか？　と里見が改めて俺に尋ねる。

「う～ん……」

俺はまた、彼女から聞いた話を必死になって思い出そうとしたが、どう考えてもそれが誰、というヒントすら彼女は俺に与えなかったとしか言えなかった。

「まあそれだけ隠すということは、社内か、取引先か――俺の知ってる男だという気がしてならないんだけどなあ」

俺が既に煮詰まりつつある鍋の火を止めながら答えると、里見は、

「それだけ隠さなきゃいけない理由がわからないよな。やっぱり不倫だったんじゃない

か？」

とまた首を傾げた。

「不倫ねえ……」

不倫だとすると相手は一体誰なのか、俺はそれを考えはじめた。

噂になった前の部長は、今は子会社に出向してしまっている。島田のことを何かと可愛がり、夜も残業のあと食事に連れていったりしていたのを、先輩事務職が妬《ねた》んで噂を流したらしい、というのが通説だったのだが、実は二人の間には関係があったとか？

それにしても、あの恐妻家の部長が島田を殺したとはなかなか考え難い。恐妻家故に、妻を恐れるあまりに島田の口を塞《ふさ》いだ、というには部長はあまりにも気が弱すぎるように思うのだ。まあ俺の観察眼などそれこそ頼りにならないのかもしれないが、あの部長なら、彼女を殺すよりは、妻と彼女の前に土下座して許しを乞《こ》うようなタイプじゃないかと俺には思えた。

他に彼女と『不倫』関係になりそうな可能性のある男は——と彼女の周囲を考え、同期の柳《やなぎ》原《はら》はどうだろう、と思いついた。

柳原は去年結婚したばかりだが、同期ということもあり入社以来ずっと彼女とは仲がよかった。俺などよりよっぽど一緒に遊びに行ったり飲みに行ったりしていたと思う。

柳原が結婚する前は、俺はてっきり二人は付き合っているのだとばかり思っていたが、一度飲み会の席でそう尋ねると二人から「違いますよ」と笑われてしまった。

「友だちですよ、友だち」

という島田と、

「こいつ、俺のことアシとしか思っちゃいないですよ」

と笑う柳原の顔を思い出しながら、実際のところはどうだったのだろう、と里見の意見を聞いてみる。

「柳原か……」

里見は大きく頷いて、ありえないとは言い切れないかもな、と俺が驚くようなことを言い出した。

「あいつ、お前が渡部工業との商談纏《まと》めたこと、随分やっかんでいたからなあ。逆恨みもいいところで、お前が渡部工業にかかりきりになろうとして、自分にルーティンワークを押し付けてると上司に密告《チク》ったらしい。同期にも随分言い触らしてたみたいで、俺の耳まで入ってきたぞ?」

「そんな……」

俺はなんだか愕然《がくぜん》としてしまった。

俺に対しては少しもそんな様子を見せず、あの商権が決まりそうになったときには、「本当におめでとうございます! やりましたね!」と自分のことのように喜んでくれたと思っていた柳原が、陰でそんなことを言っていたなんて――。

少しも気づかなかった、と溜息をつく俺に里見は、

「すまん……こんなときじゃなかったら言わずに済ませたんだが」

と頭を下げた。

「いや、お前が謝ることじゃないよ」

俺は慌ててそう言いながらも、やはり自分の観察眼は少しもあてにならないのかもしれない、とそっちの方でも落ち込みそうになっていた。

「……警察はどんなことを言ってる？」

俺に気を遣ったのだろう、話を逸らすように、里見が尋ねる。

「ああ……」

俺は気を取り直し、昼間、高梨氏から聞いた話を里見に説明しはじめた。

俺の衣服や下着から、二種類の精液が検出できて、警察も次第に俺の言うことを信じてくれるようになってきたらしいこと、その精液から俺を襲った男の血液型はA型だとわかったこと、今、俺の着衣に残っている指紋の照合をしていることなどを話して聞かせた。

「やっぱりこれは計画的な犯行じゃないかと警察も考えはじめたと言ってたよ」

という俺の言葉に、

「『言ってた』って……誰が？」

と里見は眉を顰め、口を挟んできた。

「刑事が……」

正確には『警視』なんだが——と俺が答えると、

「この間のあの男？　あのスウェット姿の……」

里見がまたあからさまに嫌そうな顔をしたものだから、俺はついつい、

「ああ見えてあの人は『警視』なんだぜ」

と彼に高梨氏の役職を教えてやってしまった。

「警視？」

さすがに里見も驚いた声を出したが、すぐにまた顔を顰めると、

「それにしたって、お前の家に泊まり込むだなんて……常識がなさすぎるよ。そんな話は聞いたことがない」

なあ、と俺に同意を求めてくる。

「……まあねえ」

俺は歯切れ悪く頷きながら、その警視がこれから訪ねて来る上に、もしかしたら泊まるかもしれない、などとはとても言えなくなってしまい、それこそ二人が顔を合わせないうちに里見には帰ってもらわなくては、と考えはじめていた。里見はそんな俺の心中など知らず、

「お前もきっぱりした態度とった方がいいぞ？　家に入ろうとしたら『令状は取ったのか』

と聞けよ。『任意同行』なら従わなくてもいいんだぜ？」

と俺に懇々と説明してくれ、俺はいちいち、うんうんと頷きながら、まさかその警視が俺に『一目惚れ』した挙句にここで俺を抱いたなんてことは絶対彼には言えないな、と密《ひそ》かに溜息をついた。

「……まあな、俺もまた社内でいろいろ探ってみるが」

里見はそう言って、そろそろ失礼するよ、と立ち上がった。

「ああ、ありがとう」

少しほっとし、彼を見送るために一緒に立ち上がる。と、里見はふと思いついたように俺を見ると、一瞬何か言いかけ、言い難いのか言葉を選ぶようにして黙った。

「なに？」

「……お前を襲ったの――柳原、じゃないよな？」

里見に問われ、その意外さに啞然としつつも、ナイフを突きつけてきたあの男の声や、その背格好と、柳原をそれぞれに思い浮かべた。

年格好は確かに似ていなくもないが、声が違う。身に纏っていた空気も違う気がした。少なくとも俺を襲った男は堅気のサラリーマンとは思えなかった。学生に毛が生えた程度の雰囲気だったように思う。

「……違う、と思う」

俺が答えると、里見は溜息をつき、

「そうか」

とどこかほっとしたような顔をして、柳原がA型だったことを思い出したんでな、と小さく笑った。

「A型なんてこの世にはたくさんいるよ」

俺もつられて笑いながら、里見がほっとする気持ちもわからないでもないなと思っていた。柳原は俺の陰口を叩いたかもしれないが、人殺しをするような男にはとても見えない。その上、その人殺しの罪を俺に着せるために俺まで襲い、犯したとはとても思えないのである。そんな非道なことをするような人間が同じ社内、自分の周囲にいてほしくはない——俺がそう考えたように、里見もそう思ったのではないだろうか。

「それじゃ、また連絡するから」

玄関まで見送りに出た俺を振り返り、里見が笑って片手を上げた。

「ありがとう。俺も何かわかったら連絡する」

俺も笑って彼がドアを出て行くのを見送った。

一人になってから、俺は事件のことを考えはじめた。

犯人はあの日をはじめから犯行日と決めていたのか、それとも突発的に決めたのか——そして、犯人ははじめから俺を自分の身代わりにしようと思ったのか、それとも犯人が俺を選んだのは突発的な思いつきで、例えばあの日の出退表を見て、島田のあとに俺が名を書いた、それで俺にしようと思ったのか。

何故犯人は俺を気絶させるだけでは飽きたらず、彼女と同じように、公園で俺まで犯したのか——考えているうちに俺は、何より大きな疑問に今更ながらにして気づいた。

あの日、俺は真っ直《ます》ぐには帰らず軽く里見と飲んでから帰った。島田は俺より少し前に帰ったはずだし、家だってそんなに俺の家と離れちゃいないから、あのまま真っ直ぐ帰ったのであれば、俺より随分前に帰宅していたはずなのだ。

それが、彼女は家に帰った形跡がないままに彼女の家の近所の公園で殺されたのだという。そしてその凶器が俺があの日締めていたネクタイ、ということは、彼女は俺が犯され、気絶させられてネクタイを奪われたあと殺されたということになるのだが、その間——俺が飲んで、終電で帰って、公園で襲われていた間、彼女は一体どこで何をしていたというのだろう？

と、そのとき、ドアチャイムが鳴った。俺は思考から覚め、慌てて鍵《かぎ》を開けに玄関へと向かった。

「はい？」

一応声をかけると、

「ただいまぁ」

という寝ぼけたような声が聞こえた。

結構早かったな、と思いながら——まだ十一時くらいだった——つられて、

「おかえり」

とドアを開くと、

「おかえりのチュウ」

と高梨氏が俺の方になだれ込むようにして入ってきた。

「あのねえ……」

俺は呆れて俺に縋《すが》りついてくる彼の重い身体を見下ろし——その顔に隈《くま》が浮いてることに気づいた。

「大丈夫ですか？」

本気で彼は疲れているんじゃないか、と顔を覗き込むと、彼はあははと笑って、

「冗談やて」

と俺から身体を離し、腹減ったなあ、と大きな声を上げてテーブルの傍に座り込んだ。

「あ、鍋が少し残ってるんだけど……雑炊でも作ります？」

俺がそう言ってキッチンへと立とうとすると、その腰に彼はいきなり縋りついてきた。バランスを失って倒れそうになるのをなんとか踏みとどまり、

「なに？」

と彼を見下ろす。

「ほんまごろちゃん……ええ奥さんになるわ」

高梨氏はそんなふざけたことを言い、俺の腹に頬擦《ほおず》りをしてきた。

「……食べるの？　食べないの？」

思わず拳《こぶし》を握り締めながら尋ねると、高梨氏は俺から離れて、

「チッチッ」

と人差し指を振ってみせた。

「なに？」

「聞き方がちゃうやろ。ほらあ、『ご飯にする？　お風呂にする？　それとも……』」

とにやりと笑ったが、俺はもう最後まで付き合ってやる気力もなく、無言でキッチンへ行くと一度下げた鍋を持って引き返した。ドン、とテーブルのコンロにそれを置いて火をつけると、次に白飯を取りにまたキッチンへと戻る。

「ごろちゃんには冗談が通じへんからなあ」

ぶつぶつと文句を垂れながらも腹が減ってるのか、高梨氏は鍋の具をほとんどさらって食べ、そのあと作ってやった雑炊も二人分ほど綺麗《きれい》に平らげた。

「ああ、ようやく人心地ついたわ」

ごちそうさん、と言い、ごろりと床へと寝転がって目を閉じた彼は、やはり相当疲れてい

るように見える。俺は手早く鍋や食器を片付けると、再び部屋に戻ってそんな彼の顔を見下ろした。

「……高梨さん？」

昼間別れたあと、彼は一体何をしていたというのだろう。それを聞きたくて声をかけたのだが、高梨氏はぴくりとも動く気配がない。

「高梨さん？」

再び名前を呼び、俺は寝転がっている彼の方へと屈《かが》み込んだ。規則正しく胸が上下している。閉じられた瞼《まぶた》は少しも動かず、すうすうと寝息をたてて彼は既に熟睡しているようである。

この短時間に、と俺は驚きながらも、それほどまでに疲れてるのか、となんだか気の毒にすらなってしまって、こんなところではなくせめてベッドで寝てもらおうと彼を揺り起こそうとした。が、彼は一向に起きる気配を見せず、

「ううん」

と煩《うるさ》そうに俺の手を避《よ》けると、その場で身体を丸めてしまった。仕方がない、と俺はベッドから毛布を取って来て彼にかけてやり、しばらくその寝顔を見下ろしていたが、今日もここに泊まるなら下着くらいは買ってきてやるか、と思い立ち、明日の朝飯も買わなきゃな、とコンビニに買い出しに出ることにした。

足音を忍ばせながらそっと部屋を横切り、音をたてぬようにドアを開いて外へ出る。少し寒いな、と思わないでもなかったがコートを取りに戻るのも面倒だったので、走ればいいかと俺はそのまま階段を駆け下りた。

コンビニといいつつ、徒歩で十分近くかかってしまうので実はちっともコンビニエンスではないその店までは、かなり寂《さび》しい道ではあった。住宅街が続くのでこんな深夜には滅多に人通りもない。

寒いから、という理由からだけでなく、どうしても早足になってしまうのは、俺の身体にあのときの――男にナイフで脅かされたときの恐怖がまだ染み付いているからなのだろう。あの日まで、俺はどんなに夜遅くてもこの道を通りながらこんな気持ちになることはなかった。

いつまで自分はこの種の恐怖感を抱き続けて生きていくのだろう、と溜息交じりにそんなことを考えていたそのとき、いきなり脇《わき》の道から長身の男が走り出してきた。その影が俺の視界の斜め後ろを横切ったと思ったその瞬間、俺はその男に羽交い絞めにされていた。

「なっ……」

言葉を失い身体を強張《こわば》らせた俺の目の前に突きつけられたのは――あの日と同じ、街灯を受けて光るナイフの刃《やいば》だった。

9

ナイフを見た瞬間、恥ずかしい話だが俺のすべての思考回路は停止してしまった。人は死ぬ前にそれまでの人生が走馬灯のように目の前に甦《よみがえ》る、というが、そのとき俺の頭は真っ白になってしまい、ただ街灯を受けて冷たく光るナイフの刃を見つめていることしかできなかった。

男はぐい、とナイフを持った腕を俺へと更に近づけてきた。歩け、というように胸で俺の背を押し、そのまま自分が飛び出してきた薄暗い路地へと俺を誘導した。

マスクでもしているのか、すぐ後ろに感じるはずの彼の息遣いが妙にくぐもって聞こえる。俺は竦んでしまった足を無理やり前に出すようにして、彼に促されるがままに歩くしかなかった。

殺されるのだろうか——耳鳴りがするはどに自分の鼓動の音を頭の中で聞きながら俺はぼんやりとそんなことを考えていた。それともまた犯されるのだろうか。

どちらにしろ、この男は俺をどこに連れて行こうとしているのだろう。この辺りは住宅の建築ラッシュで空き地が点在しているが、そのどこかへ連れていこうとでもしているのだろうか。

だんだんと俺の頭に思考力が戻ってきた。と同時に抑えきれぬほどの恐怖感も甦ってきてしまい、思わず叫び出し、男を突き飛ばして逃げ出したくなる衝動を、それが自分の命を縮めることだとわかるだけに俺は必死になって抑え込んだ。男に促されるままに路地へと連れ込まれそうになったそのとき、

「何してんねん！」

いきなり路上に怒鳴り声が響き渡り、俺は驚いてその方を振り返った。少し坂になっているその道の、坂の上に佇《たたず》む長身の影が街灯の下に浮かび上がる。

俺の背後の男もぎょっとしたように一瞬身体を固くしたが、次の瞬間、俺は強い力で前へと突き飛ばされ、俺が道に転がっている間に男はもと来た路地へと駆け込んでいってしまった。

「ごろちゃん！」

全速力で駆け寄ってきたその影は——高梨氏だった。俺は自分で立ち上がることもできず、ただ彼が俺の方に駆け寄ってくるその姿を、道に両手をついたまま見上げていた。

「ごろちゃん！　無事か？」

動かない俺の様子に、俺が刺されたとでも思ったのか、高梨氏は更に走る速度を上げると俺の前へと滑り込んで来、俺の両肩を摑んで身体を引き起こした。

「怪我《けが》は？」

俺の身体をざっと調べたあと、顔を覗き込んでくる。俺は何も喋ることができず、無言で首を横に振った。喉《のど》が何かに圧迫されてしまって声が出ない。それがますます高梨氏を心配させるのか、

「大丈夫？　しっかりしいや？　救急車呼ぼか？」

と俺の身体を揺さぶる彼の顔は、まるで泣き出しそうなくらいに歪《ゆが》んでいた。

俺は大丈夫、という意味をこめて激しく首を横に振った。高梨氏は少し安心したような顔をしたあと、俺をその場で力いっぱい抱き締め、

「ほんま……よかった」

と大きく息を吐きながら、俺の耳元に囁いてきた。彼の胸の温かさを自身の胸に感じ、彼の声の優しい響きが俺の身体に響いてくる。その瞬間、俺の中で何かが弾《はじ》けた。

「良平！」

俺はそう叫ぶと力いっぱい彼の背中を抱き締めていた。高梨氏は驚いたように少し身体を離しかけたが、俺はますます強い力で彼の背中にしがみつきながら、

「良平！」

とその名を叫び、彼の肩に顔を埋めた。途端にまるで堰《せき》を切ったかのように、涙が、言葉が溢れてきて、俺は何度も何度も彼の名を呼び、泣きじゃくってしまっていた。

あとから考えるといい年をして余りにも恥ずかしい行為だったと思う。が、高梨氏はそんな俺の背中を優しく抱き締め返しながら、

「ほんま……無事でよかった。よかったなあ」

と俺が泣きやむまで耳元で囁き続けてくれたのだった。

ようやく少し俺が落ち着いてきたのを察した高梨氏が俺の身体を少し引き剝《は》がすと、

「何があったか……話せる？」

と俺の顔を覗き込んできた。俺は既に自分が泣き叫んだのを随分恥ずかしく思っていたので――それだけに顔が上げられなかったのだ――うん、と頷いたあと、いきなりナイフを持った男に羽交い絞めにされた、と彼に告げた。

俺が話すうちに高梨氏の顔つきが厳しくなっていったかと思うと、やにわにポケットから携帯を取り出し、どこかにかけはじめた。

「高梨だ。緊急手配してほしい。杉並の事件だ。……そう、その田宮氏がまたナイフを持った男に自宅近くで襲われた。男はまだこの近辺にいると思われる。手の空いている者総動員で男の行方を追うように。私は田宮氏に付き添うことにするから。何かあったら携帯に連絡をくれ。いいな？」

電話の相手がまだ話している様子であったにもかかわらず、高梨氏は一方的に電話を切ると、男が逃げていった路地を睨んだ。が、すぐに俺に視線を戻すと、

「ほんま……かんにん……」

と再び俺をしっかりと抱き締め、そう囁いてきた。

彼が何を謝っているのかわからず、俺は彼の腕の中で首を傾げた。と、彼は俺から身体を離すと、

「……え？」

「僕の勝手な判断で……ほんまやったらごろちゃんには張り込みの刑事がついとったんを、今日は自分が行くからええ言うて帰らせたんや。その僕が眠りこけてる間にごろちゃんをこんな危ない目に遭わせてしもて……ほんま、ごめん」

と俺の前で深く頭を垂れた。

「いや……そんな……」

俺は慌てて彼の頭を上げさせようと、その腕を摑んだ。が、普段、張り込まれていたこともわかって、やはり俺は相変わらず容疑者なのか、となんとなく複雑な気持ちになった。

と、そのとき高梨氏が、せや、と言いながら不意に顔を上げたかと思うと、

「それにしてもなんで？　なんでこんな夜中に出かけよう思うたん？　危ないやないか」

と俺を軽く睨んだ。何故、といわれても——と俺はまだ働かない頭で、

「……パンツ」

と答え、すぐに他に答えようがあったんじゃないかと自らにツッコミを入れてしまった。

「パンツ？」

高梨氏が不思議そうな顔をして俺を見返す。そりゃそうだろう、『パンツ』じゃ自分だってわけがわからない。俺は、えーと、と口ごもりながら言葉を続けた。

「……今日、泊まるのかなと思ったから……着替えのパンツと、あと明日の朝飯でも買おうかと思って……」

「ほんまにもう！」

高梨氏が俺をいきなり抱き締める。

「嬉しいけど……嬉しいけどそんなんでこんな怖い目におうたかと思うと、僕はもうどないしたらええか……」

「ちょ、ちょっと……」

いきなり路上だというのに顔中にキスの雨を降らせはじめた彼の腕から逃れようと、俺は慌てた。高梨氏はそんな俺をしっかり抱き締めたまま、

「ええ奥さんになれとは言うたけど、これからは一番に自分の身の安全を考えてや？」

とわけのわからないことを言い——いい奥さんになれなんて言ったか？　——尚も俺の頬に、額に、そして唇に音を立ててキスし続けたのだった。

「さて、帰ろか」

ようやく彼が俺を解放してくれたのは、遠くに人影が見えたからだった。歩き出した途端、

彼は、あ、しもた、と急に俺の背に手を回すと、

「はよ帰らんと……僕、鍵もかけんと出てきてしもたさかい」

と早足になった。

「ええ？」

泥棒にでも入られたらどうしようと俺も慌てて駆け出しながら、そういえば高梨氏は熟睡していたはずなのに、と傍らを歩く彼の顔を見上げた。高梨氏は俺の視線に気づくと、

「ごろちゃんが鍵かけた音でようやく目が覚めたんや。ほんま、すっかり寝入ってしもて恥ずかしいわ」

と肩を竦めた。

「もう大丈夫？　落ち着いた？」

しばらく走ったあと、高梨氏が俺の顔を覗き込んできた。

ああ、と俺が頷くと高梨氏は、

「さっきの男……ごろちゃんを襲った男な、どんな奴やった？」

と真剣な顔で尋ねた。俺は改めて先ほど、俺を羽交い絞めにした男のことを思い出そうとし——あまりにも何も覚えていないことに、我ながら愕然としてしまった。

「どないしたん？」

俺の様子に気づいた高梨氏が優しく問いかけてくる。

「ほとんど……覚えてないんだ」

と正直に答えざるをえなかった俺に、高梨氏はそれでも根気強く、背の高さはどのくらいだったとか、何か言われなかったか、とか、なにより、この間と同じ男だったと思うか、とか質問を変え俺の記憶を呼び起こそうと試みてくれた。が、言われてみたら背の高さはこの間の男と同じくらいだったと思う、としか答えられず、

「声は聞こえなかった……あと、マスクをしているような息遣いだった」

と頼りないことこの上ない俺の話を聞き出すたびに、高梨氏は携帯でそれを逐一《ちくいち》捜査本部に報告していた。

「……ごめん」

あまりの自分の情けなさに俺が頭を下げると、

「普通は覚えてへんよ」

と高梨氏は笑い、俺の背中をぽんぽんと慰めるように叩いてくれた。

そうこうしているうちに俺たちはアパートへと到着し、室内を見回してどうやら泥棒にも入られずに済んだらしいことを確認して、ほっと一息ついた。

と、俺は次の瞬間、高梨氏に再び強く抱き締められていた。俺も無言で彼の背に腕を回し、ぎゅっとその手に力をこめる。

「……ほんま……無事でよかった」

高梨氏はそう囁くと少し身体を離して俺を見下ろし、つられたようにその顔を見上げた俺の唇を唇で塞いだ。合わせた身体も温かかったが、彼の唇はそのどこよりも温かく、俺はその温《ぬく》もりを求め、自分からも貪《むさぼ》るように唇を合わせていった。

高梨氏は俺の背に回した手に力を入れながら、ゆっくりと俺をその場に座らせようと体重をかけてきて、床へと腰を下ろしたあとにはそのまま俺の身体を押し倒した。その間もずっと俺たちは激しく唇を合わせ続けていて、絡めた舌を吸い合いながら、俺は彼がもどかしそうに俺のセーターを捲り上げて脱がそうとするのに両手を上げて手を貸し、自らジーンズのファスナーを下ろして下着ごとずり下げた。

高梨氏がそのジーンズを摑んで俺の脚からそれらを勢いよく引き抜く。あっという間に全裸になった俺を抱き締める高梨氏の服装はまだ少しの乱れもなくて、素肌に擦《こす》れるその布の感触に俺は酷く興奮してしまい、俺を抱き締める彼の背に力いっぱいしがみついていった。

「これじゃ服、脱げへんよ」

高梨氏はくすりと笑いながらも手を俺の下肢《かし》へと伸ばしてくると、片方の腿《もも》を持ち上げ、自分の背へとかけさせた。そしてまた唇を重ねながら半分だけ浮かせた腰へと手を差し入れ、そこを撫《な》でまわしながらより俺の身体を自分へと密着させようとした。

唇を合わせているだけなのに、俺の雄は二人の身体の間でもう勃《た》ち上がりつつあった。彼の服に擦られる感触がますます俺を昂《たか》めてゆく。服越しに押し当てられる高梨氏の雄も既に熱く、硬くなっており、俺たちは唇を合わせたまま視線を交わし、互いの意図を確認しあった。

　高梨氏は唇を離すと腰を浮かせるようにして自分のスラックスのファスナーを下ろし、取り出したそれを俺の後ろへと押し当ててくる。俺も彼の背に回した脚をより高く上げ、彼が入れやすいように腰を上げた。少し指でそこを慣らされたあとに彼の猛《たけ》る雄が捻《ね》じ込まれると、その質感に俺は何ともいえない充足感を覚え、再び彼の唇を求めて顔を見上げた。

「……好き……」

　俺の視線を真っ直ぐに受け止めた高梨氏はそう囁くと、開いた俺の唇を唇で塞ぎ、下肢の動きそのままに激しく舌を絡めてきたのだった。


「……ごめん」

　互いに達したあと、気怠《けたる》さの残る身体を抱き寄せられた俺は、そっとくちづけを落としてくる彼を見上げ、思わず小さく詫びていた。

「なに？」

　高梨氏が不思議そうな顔をして俺の顔を覗き込んでくる。

「……疲れてたのに」

行為を終えてしまうと、俺は何故自分があれほどまでに欲情してしまったのか、すっかりわからなくなっていた。恐怖から逃れたかったからだろうか、耐えられぬ緊張のあとだったからだろうか——気持ちが落ち着いた今、俺は高梨氏が疲れ果てて俺の家を訪れたことを思い出してしまったのだ。

「……いつもより元気なかった？」

高梨氏は少し憮然《ぶぜん》としたような顔になると、俺の腰の辺りに手を回し、ぐいと自分のほうへと引き寄せてくる。

「そういう意味じゃなくて……」

慌てて俺は彼の胸に手をついて身体を離しながら、

「高梨さん、疲れてるのに無理言って……」

と彼を見上げると、

「『良平』やて」

と高梨氏は俺の言葉を遮り、

「全然。疲れてへんよ……って、僕が爆睡しとったからごろちゃんが危ない目におうたんやったな……ほんま、ごめんな？」

とまた俺の身体をぎゅっと抱き締めた。

「……良平……」

彼の腕の温かさに、俺の口から思わずその名が漏れた。

「もう一回呼んで」

高梨氏が俺の肩に顔を埋めたままそう囁いてくる。

「良平」

俺も彼の背に回した手に力をこめながら、言われるとおりにその名を繰り返した。

「もう一回」

「良平」

「もう一回」

「…………」

俺は——彼の名を繰り返しながら、この胸に広がる温かな気持ちが何なのか、今こそはっきりわかってしまった。

「あと一回でええから……」

な、と囁いてきた彼に、俺は聞こえないような小さな声で、

「好き」

と囁き、

「なになに？　なんやて？　それこそもう一回！」

と慌てたように身体を離そうとする彼の背を力いっぱい抱き締め、逞《たくま》しいその胸に顔を埋めたのだった。

翌朝、高梨氏の携帯電話に連絡が入った。俺を襲った男の足取りを追うことはできなかったらしい。が、再び俺が襲われたことで、警察は尚一層真剣に、あの夜俺を襲い、俺のネクタイを持ち去ったとされる男を捜しはじめたそうだ。

昨日あれほど高梨氏が疲れ果てていたのは、それこそ足を棒にして新宿二丁目辺りで、男性を襲う暴行魔の噂の聞き込みをしていたからだった。

これといった収穫はなかったらしいが、俺が襲われた公園でそんな事件が起こったことはやはり聞いたことがないと、その道に詳しい者たちも揃《そろ》って首を傾げたのだそうだ。

「やっぱりこれはごろちゃんを狙うた犯行やと思うんや。ごろちゃんにあの男の心当たりがないいっちゅうことは、男は誰かに雇われたかもしれんやろ？　そういうことカネもろてやりそうな男がいいひんか、ごっつう聞いて回ったんやけど、なかなかあの辺りはガードが堅《かと》うてねえ」

犯罪スレスレのことをやっとるモンもおるからやろうけどね、と高梨氏は溜息をつきなが

らも、俺が心配そうに眉を顰めたのを見て、

「大丈夫、心配せんかてちゃんと警察が……僕がごろちゃん襲った犯人は見つけ出してみせるさかいに」

と俺の背中を叩いた。俺が心配したのは違うことなんだけどな、とちょっと首を傾げたのが気になったのか、

「なに？」

と高梨氏が俺の顔を覗き込んでくる。

「……いや……」

とても言えるもんじゃない。こんなときなのに俺が考えていたのは、新宿二丁目ではさぞ高梨氏はモテまくるんじゃあないかということだったのだ。

「なになになに？」

言い澱む俺にしつこく絡んでくる高梨氏は、もしかしたら俺の心を読んでいたのかもしれない。

「なんでもないって」

恥ずかしさのあまりつい声を荒らげてしまった俺の身体をまたぎゅっと抱き締めると、

「ほんまにごろちゃん……可愛いなあ」

とにこにこ笑いながら俺に頬擦りしたのだった。

高梨氏は九時過ぎまで俺の家にいたが、何本目かの電話をとったあと、

「そしたら、また夜に来るさかい」

と俺から採取した指紋を持って立ち上がった。それまでの時間で俺は、昨夜の里見との話を高梨氏にすべて打ち明けていた。島田の中絶手術のことは警察でも伏せていたそうで、それを知っている者がいるということに高梨氏は眉を顰めていた。

が、島田を妊娠させた男が誰か、という話には非常に興味を持ったようで、その場で電話をかけ、彼女の同期の柳原と、不倫の噂をたてられた前の部長の、彼女が殺された日のアリバイを調べるよう指示していた。

「あんな、嫌かもしれへんけど、ごろちゃんの安全のために、外に刑事を張り込ましてるんよ」

高梨氏は申し訳なさそうにそう言うと、え、と驚いた顔をした俺の前で頭を下げた。

「ちょっとだけ辛抱しとってな。昨日みたいなことがあったら僕、ほんまにもうどないしたらええかわからんさかいに」

「どないしたらええか？」

何をどうするんだろうと思って尋ねると、高梨氏は大きく頷き、

「心配で心配で……もう、なんでこんなに好きなんやろ……」

とまたもや俺を抱き寄せようとした。が、そのときいきなり彼の携帯電話が鳴り出し、

「はい、高梨」

とがらりと変わった厳しい口調で電話に出たものだから、俺は思わず吹き出してしまった。

「わかった。すぐ向かう。ああ？　ああ、今度は本当にすぐ行く」

きっと催促の電話だったのだろう。もうしつこうてかなわんわ、とぶつぶつ言ってる彼の顔を覗き込み、

「いってらっしゃい」

と俺はその唇に自分の唇をぶつけた。驚いたような顔をして俺の顔を見下ろす高梨氏に俺は、

「いってらっしゃいのチュウ」

と笑う。

「……も一回」

高梨氏はそう言うと目を閉じたままその場に立ち尽くした。

「早く行かないと……」

言いながらも俺は、彼の首へと手を回し、

「いってらっしゃい」

と囁きながらキスをした。高梨氏は俺の背に手を回すと、離れようとする俺の動きを制するようにぴったりと身体を密着させてきながら、無理やり舌を絡めてくる。また催促の電話

がかかってくるじゃないか、と俺は彼の胸を力いっぱい押し返した。しぶしぶといった感で彼は俺の身体を離すと、

「続きは夜やね」

と片目を瞑《つぶ》ってみせ、ようやく玄関へと足を向けた。

「ほんま、気ぃつけてや？　一応見張らせとるけど、アヤシイ人が来てもドア開けたらあかんよ？」

靴を履き終わって振り返ると、高梨氏はしつこいくらいに俺にそう言い、も一回、とこれまたしつこくキスをして、ようやくドアを出ていった。

やれやれ、と溜息をつきながらも顔がどうしても笑ってしまう。

昨夜襲われたことなどすっかり忘れかけてる自分の現金さに我ながらあきれつつ、俺は何故自分が昨夜襲われたのだろうと落ち着いて考えはじめた。

あの男は、以前俺を襲った男と同一人物なのか――そうのような気もするし別人のような気もする。そんなことすらはっきりと断言できない自分に苛立《いらだ》ちを感じながら、何か他に思い出せることはないかと俺はまた必死で頭を巡らせはじめた。

俺がそうして一人考えている間に、高梨氏は俺に宣言したとおり、俺を襲った男を見つけ出していた。

男の名は工藤純一《くどうじゅんいち》。去年大学を中退し、今は『フリーター』といいつつほとんど働いて

はいなかったらしい。

彼が何故俺を襲い、そして島田を殺害したのか――警察が如何《いか》なる方法をもってしても、それを本人から聞き出すことは不可能だった。

何故なら彼は――工藤純一は、四谷《よつや》三丁目の駅近い空き地で首を絞められ殺害されていたからである。

工藤純一の遺体が発見されたとき、彼と俺の周囲に起こった事件とを結びつけて考える者などいなかった。

きっかけは本当に偶然だった。身元確認のため鑑識が遺体の指紋を採取したのだったが、その照合にあたったのが、ちょうど前日、俺のスーツから指紋を採取した鑑識員だったのだそうだ。

スーツの表の生地からはほとんど指紋は採取できなかったそうなのだが、裏地にはべったりと数箇所残されていたとのことで、その一つが特徴的な形だったのがなんとなく彼の――その鑑識員の記憶に残っていたらしい。

右親指の指紋を突っ切るように一本傷が入っていたというその形とよく似た形の指紋だな、と鑑識は遺体の指紋を見て思い、ためしに照合してみたところ、驚くべきことに一致したのだそうだ。

あとからその話を高梨氏から聞いたとき、俺はその鑑識の人の記憶力とプロ意識に心底感心してしまった。

ともあれ、そんな事実が発覚したことなど全く知らなかった俺はその日もなんとなくだらだらと過ごし、夕方、近所のスーパー、リミットに買い物に出た以外は外出もせず、日が暮れてから、多分また夜中に尋ねてくるだろう高梨氏のために夕食の支度をし、テレビも退屈だし風呂にでも入るか、というのんびりした一日を送っていたのだった。

いつもシャワーで済ませてしまっているが、暇なのでバスタブに湯を張ることにした。湯がたまってゆくのを見ながら、今日で何日会社を休んでしまっているのだろうと考え、俺はひどく憂鬱《ゆううつ》になった。

俺のやっていた仕事は今、一体どうなっているのだろうか。柳原がカバーしてやってくれているのか、それとも全く別の人間に既に引き継がれているのか——そんな心配をするまでもなく、出社しても俺には机すら、もうないのかもしれない。

この不景気な時代に『解雇』でもされたら次の就職口には困るだろうなあ、などとますます陰気なことを考えてしまう自分に舌打ちしつつ、俺は手早く服を脱ぎ捨てると、そろそろたまってきた湯の中に身体を沈めた。

考えても詮《せん》ないことにいつまでもとらわれていても仕方がない。どうせ世の中なるようにしかならないのさ、などと考えながら湯の中で手足を伸ばす。ふと自分の胸に紅《あか》い痕《あと》を見つけ、まじまじと見入ったあと俺はそれが何だか思い当たって赤面してしまった。気づけば痕は点々と俺の身体中についている。内腿のそれこそ付け根の辺りにどこよりも濃いその吸い痕を見つけた俺は、いつの間に、と大きく溜息をついた。

いつの間にも何も、昨夜つけられた痕だということは歴然としているのだが、それに気づかぬほどに自分が行為に没頭してしまっていたのかと思うとそれもまた恥ずかしい。

戯れに、つ、と胸についた痕を指で押してみた。肌が凹《くぼ》んで一瞬見えなくなったその痕は、俺が手を離すとまた俺の胸の上に甦り、ゆらゆらと揺れる湯の中で淫蕩《いんとう》な揺らめきを見せていた。


『ほんま……好き』


こうして同性の彼と身体を重ねることになるなんて、数日前の俺には想像もできなかったことだ。あの夜、公園で犯されたあと、この風呂場でそれこそ肌に血が滲むほどに身体を洗ったときから、まだ一週間もたっていないというのに。

吐き気しか催さなかったあの行為を、今の俺はやすやすと受け入れ、それどころか自らもその行為を望み、高梨氏の身体に縋りついてしまっているのである。

不思議なものだなあ、などと呑気《のんき》なことを考えつつ、湯に浸かっていた俺の耳にドアチャイムの微《かす》かな音が響いた。聞き違いかな、と思いながら耳を澄ますと確かにチャイムの音が聞こえる。俺は慌てて風呂から出ると、バスタオルを腰に巻きつけ、

「はい？」

と玄関に向かって怒鳴った。

「ただいまあ」

ドア越しに聞こえるのは高梨氏の声に違いない。それにしても今晩は随分帰りが早いじゃないか、と俺はまだ九時を差している時計を見上げながら、

「今、開けます」

と玄関へと走り、チェーンを外してドアを開いた。

「……ごろちゃん」

高梨氏は俺の姿に一瞬目を見開いたあと、顔中の筋肉が弛緩《しかん》してしまったようなだらしない笑顔になり、

「おかえり？」

とその変化に首を傾げた俺をいきなりその場で抱き締めた。

「おい？」

服が濡れるじゃないか、と俺は慌てて彼の腕から逃れようと身体を捩《よじ》ったが、高梨氏はますます強い力で俺の身体を抱き締めながら、

「もう、ごろちゃん、サービスよすぎ」

と俺の顔中にキスの雨を降らせてくる。

「違う……っ」

ちょうど風呂に入ってたんだよ、と彼の胸に手をつき身体を離そうとするが、高梨氏はそんな俺の言葉を聞こうともせずに、俺の背中に回した手を腰へと下ろしてきたかと思うと、いきなり巻いていたバスタオルを剝ぎ取った。

「オトコの浪漫《ロマン》やねえ。真っ裸でのお出迎え……ほんま、僕は幸せモンやわ」

「違うって」

返せよ、と彼の手からバスタオルを奪おうと手を伸ばすと、高梨氏はまるでからかうように、ほらほら、とタオルを上へと翳《かざ》した挙句にぽおんと室内へと放り投げた。

「おい」

「うそうそ。ただいま」

タオルを取りに行こうとする俺の身体を抱き締めると、高梨氏はにっこり微笑み、唇を合わせてきた。そのキスに乗ってしまう自分も自分だと思いつつ、俺は彼の背に腕を回し、高梨氏が絡めてくる舌に自分の舌を絡ませる。

『おかえりのチュウ』にしては濃厚なそのキスに、俺は知らぬ間にのめり込み、息継ぎも苦しいほどに舌を絡めていた。

抱き寄せられ、彼の身体に押し当てられた俺の雄が次第に形をなしてくる。それを感じたのだろう、高梨氏は手を俺の尻へと下ろしてくると、ぎゅっと摑むようにして、そのまま俺の身体を自分の方へと引き寄せてきた。

自分のそれが彼の着衣に擦れるその感触に、合わせた唇の間から僅かに声が漏れそうになる。くちづけにそれを紛らわせながら、俺が更なる昂まりを求め、彼の背に回した手に力をこめて、身体を密着させようとしたそのとき、

「田宮？」

不意に玄関のドアが開かれ、その方を向いていた俺はぎょっとして目を見開いた。高梨氏もびくりと身体を震わせ、ゆっくりと後ろを——玄関のドアを振り返る。

「田宮……」

その場に呆然《ぼうぜん》と立ち尽くしていたのは——里見だった。

俺はあまりの驚きに、高梨氏の背に回した手を解《ほど》くことも忘れ、

「……里見……」

と名を呟いていた。

「お前……なにやってんだよ？」

ようやく我に返ったのか、里見が呟くようにそう言い、俺たちを見た。

俺は自分が今どんな姿を晒《さら》しているのかを自覚し、慌てて高梨氏の背から手を解き、彼の胸から離れた。が、里見の視線が俺の下肢へとちらと注がれたことで俺は自分が勃起《ぼっき》していたことを思い出し、また高梨氏の後ろへと身体を隠す。

「……どうも」

高梨氏が所在なげに頭を下げたが、里見はそんな彼を一瞥《いちべつ》しただけで、俺の方へとまた視線を戻すと、

「……電話したんだけどな……また来るよ」

と掠《かす》れた声でそう言い、俺が声をかけるより前に勢いよくドアを駆け出していってしまった。

「里見っ」

俺は思わず彼のあとを追おうとしたが、追ったところでどう釈明すればいいのかがわからない。

「……鍵……かけとらんかったんか……」

かんにん、と頭を下げる高梨氏を目の前に、俺は溜息をつくしかなかった。

それこそ済んでしまったことは仕方がない、と立ち直りが早かったのは俺の方だった。電話と言ってたな、と俺はバスタオルを拾って腰に巻き直しながら机の上の携帯を見た。着信ありの表示が出ており、留守電を聞いてみると、

『里見だ。今日、警察に柳原が引っ張られた。これからそっちに向かう』

と、俺が風呂に入っていた時間にかかってきたらしいメッセージが入っていた。

「柳原が？」

驚いてまだ申し訳なさそうな顔をして立っていた高梨氏を振り返ると、高梨氏は、え、と目を見開いたが、ああ、と納得したように頷き、俺の方へと近づいてきた。

「そうそう、島田さんと付き合ってたんは彼やないかということと、ごろちゃんを随分妬《ねた》んでいたっちゅう話を所轄の刑事が聞いてきて、任意同行を求めたらしいんよ」

そう言うと彼は俺を後ろから抱き締め「……ごめんな？」とまた謝ってきた。

「……いいよ」

俺はそんな高梨氏の腕に手を添え、俺の肩に顔を埋める彼を振り返った。

「里見にはいつか言わなきゃいけないと思ってたし……親友なんだ」

「親友？」

高梨氏が顔を上げ、俺を見返す。

「うん。もう十年来の付き合いなんだ。だから……」

ちゃんと言わないといけない、と、俺は腕を摑む手に力をこめ、

「隠しごとはしたくないんだ」

と高梨氏を見た。高梨氏がちょっと困ったような顔をして笑う。

「……やっぱりマズいかな。高梨さんは警視だし……」

二人の関係を公にして困るのは高梨氏の方だろう。俺の気持ちのみで彼に迷惑をかけるわけにはいかないかもしれない。

が、俺はどうしても、里見には嘘《うそ》をつきたくなかった。十年来、共に信頼し合い、困ったときには手を貸し貸され、お互いの過ちは遠慮なく指摘し、道を正し合い――そんな彼の前で俺は己を偽ることはしたくなかった。

たとえ世間的には眉を顰められるようなことであっても、里見にはどうしても真実を告げたかったのだ。

「大丈夫、里見は信頼できる男だし、他人に話すようなことは絶対にしないと……」

「ごろちゃん」

俺の言葉を遮るように、高梨氏は俺を抱き締める手に力をこめると、

「違うんよ」

と俺の肩に顔を埋めてきた。

「え？」

何が違うんだろう？　と俺が彼の腕の中で身体を返し、正面から見返すと、高梨氏は、

「そんなこと……僕とごろちゃんの関係を人に知られることなんか、全然僕は気にしてへんよ」

「……じゃあ？」

と俺と額を合わせてくる。

なんでそんな困った顔をしたんだろう、と俺が首を傾げると、高梨氏は苦笑して、

「なんや……ヤキモチ妬《や》いてもうたわ。ごろちゃんにそんなに信頼されとる『親友』の里見さんに」

と答え、またこつんと額をぶつけてきた。

「ヤキモチって……」

俺は呆れて彼の顔を見返した。

「恋するオトコは嫉妬《しっと》深いんよ」

高梨氏はそう言うと、そろそろ冷たくなってきた俺の裸の身体を抱き寄せながら、

「一緒にお風呂、入ろか」

とんでもない提案をしてきたのだった。

勿論《もちろん》、俺の部屋の狭い風呂に二人で入るなどという愚挙に俺が出るわけもなく、

「飯にするから」

となんとか高梨氏を納得させると、湯冷めもいいところの身体に服を身に着け、作っておいた簡単な夕食を温め直して彼をもてなした。

高梨氏はお世辞九割なのだろう、ほんまに美味《おい》しいわ、を連発して俺の分まで平らげかねない勢いで俺の用意した飯を食べ尽くした。

「風呂も入ってくださいね」

後片付けをしながらそう声をかけると、

「なんやほんま、結婚したみたいやなあ」

と高梨氏はにやにやしながら洗い物をしている俺の後ろににじり寄ってきた。

「ごはんのあとはお風呂、お風呂のあとは……？」

意味深なその囁きに、

「さあ？」

俺はわざとしらばっくれ、そういえば、と、洗い物の手を休めずに、

「今日は随分早かったね？」

と高梨氏をちらと見た。

「せや」

急に彼は大きな声を出したかと思うと、すっかり忘れとったわ、と内ポケットから写真らしきものを取り出した。

「ごろちゃん、ちょっとええか？」

今までのにやけた顔とは全く違った厳しい顔つきで、高梨氏が俺の顔を見る。

「なに？」

俺は蛇口を締めて、彼に促されるままにテーブルへと戻った。

「あんな、これから見せるんは遺体の写真なんやけど……驚かんようにな？」

と俺に念を押し、

「遺体？」

と驚いた俺の前に、二枚の写真を並べて見せた。う、と俺は口の中で小さく声を上げてしまった。死体の写真なんて初めて見た——当たり前か——俺は、その若い男の、宙を見つめながら絶命している顔から目を背けながら、

「これは？」

と高梨氏を見上げた。

「よう見てや。気色《きしょく》悪いとは思うけど……」

高梨氏は厳しい目のままに俺に再び写真を示す。俺は写真を一枚ずつ手に取り、気味の悪さを我慢しながらじっくりとその顔を見た。

「どうや？　見覚えないか？」

高梨氏が俺に静かな口調で問いかけてくる。

「……ない、と思う」

生きているときとは顔が随分変わっているのかもしれないが、どんなにその顔を眺めてみても記憶の中に男の顔を思い起こすことはできなかった。

「そう……」

高梨氏は溜息をつき、俺から写真を受け取った。

「誰？」

「実はな」

と高梨氏は俺に驚くべき話を――この写真の男が、俺を襲った工藤という男であるという話を始めたのだった。

「なんだって？」

信じられない、と改めて写真を手に取り、死んでいる若い男の顔を見る。しかし何度見てもそれは俺の知らない男で、しかも『これがお前を襲った男か』と聞かれても、『わからない』としか答えようがなかった。

「そしてこれが……この男が履いていたスニーカー……な、ここに三角の疵《きず》があるやろ？」

高梨氏は内ポケットからもう一枚の写真を出してきて、俺の前に置いた。俺はまたその写真を取り上げ、確かにあの夜、俺を襲った男と同じ形、同じ色のスニーカーの、その先のゴムのところに残っている三角の疵を見て、思わず、

「これ……」

と高梨氏を見上げた。

「……間違いないか？」

高梨氏が俺から写真を取り上げ、俺の顔を覗き込む。

「うん。あの男の靴だ……」

大きく頷きはしたが、俺はまだ信じられずに、

「どうして？」

と高梨氏の腕を摑んでいた。

「……ほんま、僕らもびっくりしとるんよ」

高梨氏は俺の手を上から握り締め、事件発覚の経緯を話しはじめた。

「この遺体——工藤純一の遺体が発見されたのは今朝、彼の死亡推定時刻は昨夜——日付でいえば今日の深夜三時から四時くらい、四谷三丁目駅の近くの空地で首絞められて殺されたことはわかっとるんや。聞き込みで、近所に住むフリーターの男やっちゅうことがわかって、それで身元も判明したんやけどね」

指紋照合の結果が出たのが今日の夕方、それで改めて本庁の刑事が——高梨氏らが工藤というその男のアパートを捜索したところ、部屋から数冊のゲイ雑誌が出てきたそうだ。

「ハッテン場で工藤の姿を見たことないか、今聞き込みさせとるとこなんやけど、まずはごろちゃんに写真を見てもらおうと僕だけ先に抜けさせてもろたんや。聞き込みの結果は連絡くれとは頼んであるんやけど、場所が場所やさかい深夜——まあ、明け方にはなるんちゃうかなあ」

「ハッテン場って？」

「ゲイが相手を探す場所や。公園とか道ばたとか店とか……最近やったらそれこそケータイの出会い系サイトや、パソコンでお相手を見つけることも多なったそうなんやけどね」

高梨氏は丁寧に答えてくれ、そんなもんなのか、と感心する俺の頭を、

「そんな知識はごろちゃんには必要ないよ」

とぽんぽんと叩いた。

「工藤の遺体からは財布や携帯電話が持ち去られた形跡があるんや。ガサ入れしたとき、携帯の金額明細が出てきたさかい、今その履歴も調べとる最中や」

高梨氏はまたもや真剣な表情に戻って俺にそう頷いてみせた。

「……どうなんだろう？」

俺はそんな彼を見返し、首を傾げる。

「なにが？」

高梨氏も首を傾げて俺を見た。

「……島田殺害と……それに俺を襲ったことと、その男が殺されたということは、何か関係があるんだろうか？」

口封じ——俺の頭に一番に浮かんだのはその言葉だった。高梨氏は腕組みをして、ううん、と唸《うな》り、宙を睨むようにして答えてくれた。

「そういう可能性もないではないんやけどね、警察の捜査線上に工藤の影すら浮かんでへんかったし、彼は別に前科もなかったさかい、こうして殺されん限りは、彼が——工藤が、ごろちゃんを襲った犯人やなんてことわかり得ぇへんかったのにもかかわらず、これがほん

まに口封じやとしたら」

俺の方へと視線を戻しながら高梨氏は、

「犯人はえらい用意周到な奴やねえ」

とまた低く唸った。

「……ということは？」

全く別件で殺されたのかもしれないということだろうか、と俺が聞くと、高梨氏は顔を顰めて、

「まだ今のところはなんとも……」

と言葉を濁したが、やがて、

「僕としては、工藤殺害はこの事件――ごろちゃんを襲い、島田さんを殺した事件にかかわりがある思とるんやけどね」

と、頷いた。俺はもう一度、テーブルの上に置かれたままになっていた工藤という男の写真を手に取って眺めてみる。

あの夜の、くちゃくちゃとガムを嚙《か》む音をさせていたのはこの男だったのだろうか。俺をナイフで脅かしながらトイレへと連れ込み、尻を突き出させたのはこの男だったんだろうか。はあはあというあの耳を塞ぎたくなるような荒い息をたてていたのはこの男のこの口か――。

「ごろちゃん」

高梨氏の呼びかけに、俺は我に返ってぼんやりと彼の方へと視線を向けた。

「……寝よか」

高梨氏はそう言うと、俺の腕を摑んで身体を引き寄せ、抱き締めてきた。俺はされるがままになりながら、彼の胸に顔を埋めて目を閉じる。

「……昨日、俺を襲ったあとに……殺されたんだろうか？」

頭に浮かんだ疑問を彼の胸の中で呟くと、高梨氏は、せやね、と言ってぎゅっと俺の背を抱き締め、

「もう何にも考えんとき」

あまりにも優しい声でそう囁くと、愛しそうに俺の髪を梳《す》いてくれたのだった。


翌朝、高梨氏を送り出したあと、テレビを見ながらごろごろしているうちにいつの間にか眠ってしまっていた俺は——我ながら本当にヒマな主婦のような生活だ——ドアチャイムの音に目覚めた。

「はい？」

「……俺だけど……」

聞こえてきたのは――里見の声だった。俺は思わず時計を見上げ、既に会社が始まっている時間だということにも驚きながら、慌ててドアを開いた。

「里見……」

　里見は硬い表情をしながらも、俺に向かって、

「やあ」

　と笑いかけてきた。

「……やあ」

　俺も我ながらぎこちない笑いでそう返すと、

「とりあえず上がってくれ」

　と彼を部屋へと招き入れた。

「コーヒーでもいれるよ」

　言いながら俺はキッチンへと立った。部屋にいる彼に背を向けたまま、

「会社は？　どうした？」

　と尋ねる。

「ああ、客先直行にしてきた」

　答えてくれた里見の声も、やはりどこかぎこちない。コーヒーを手に戻りながら、俺は彼が何故訪ねてきたのか、そしてどうやって彼に高梨氏とのことを説明すればいいか、一生懸

命考えを纏めようとしていた。

「ありがとう」

コーヒーを前に里見は軽く頭を下げると、何か言いたげな顔をして俺を見た。

「……電話……聞いたよ。柳原が警察に任意同行を求められたんだって？」

どうにもきっかけがつかめず、俺はそう言って自分にもいれたコーヒーを一口飲んだ。里見はうん、と頷き、

「昨日新宿署の刑事というのが二人会社に訪ねてきてね……でもさっき会社に電話したら、柳原はちゃんと出社してるらしい」

そう答えてくれながら、彼もコーヒーに口をつけた。沈黙が二人の上に横たわる。

「……俺を襲った男、殺されたらしいんだよ」

話さなければならないことは他にあるのに、俺はついついそれを先延ばしにしようとしてしまい、昨日高梨氏に聞いた話を里見に話しはじめた。

「なんだって？」

里見もさすがに驚いたようで、俺の話を食い入るような目をして聞いていた。ほとんど偶然のように指紋照合が合致したという話のところでは、

「そんなことがあるなんて……」

と、彼もドラマのような展開に興奮したのか、少し上擦った声でそう呟いた。

「本当に驚いた……けど、あれが俺を襲った男だ、と言われても俺には全然実感がないんだよ。情けない話だが、男の特徴なんてほとんど覚えちゃいなかった。一昨日も実は路上で襲われかけたんだけど、それがその工藤という男だったのかも……」

「なんだって？」

里見の驚いた声が俺の言葉を遮った。

「え？」

「お前、一昨日も襲われたのか？」

「ああ……路上でまたナイフを突きつけられたんだけど……」

「大丈夫だったのか？　無事なのか？」

俺の両肩を摑み、身体を揺さぶってきた里見は、本当に心配そうな表情を浮かべていた。

「里見……」

俺は思わず彼の腕を摑み返すと、今こそすべてを打ち明けようと心を決めた。こんなに俺のことを心配してくれる彼に、昨夜のことには自分からは何も触れずにいてくれる彼に、俺の方からきちんと説明しなければ、と遅まきながら決心したのである。

「……大丈夫だった。高梨さんが助けてくれた」

「高梨さん？」

里見は一瞬眉を顰めたが、それが誰だか思い当たったようで、

「……あの男か」

と苦々しそうに呟くと、俺から手を放し顔を背けた。俺は里見の腕を掴んだまま、そんな彼の表情に打ち明ける勇気を打ち砕かれそうになる己の意気地のなさを叱咤《しった》しつつ、話を始めた。

「……昨夜、あんなところを見られてしまったからもう気づいているかもしれないけど……俺は……」

何と言えばいいのだろう、と言葉を選んで黙り込む。と、里見は俺から目を逸らせたまま、ぼそり、と呟くように尋ねてきた。

「……いつからなんだ」

高梨氏との関係が始まったときを聞いているのだろう、と俺は判断し、小さな声で答えはじめた。

「……事件の次の日、大阪出張の新幹線で初めて会って……その夜、ここに彼が泊まって……」

「前の日犯されたばっかりなのに……もう次の日に？」

里見はやはり俺とは目を合わせずに、少し非難めいた口調で言葉を挟んできた。

「……自分でもどうしちゃったのかと思う。男に犯《や》られるなんて、それこそ嫌悪感しか——

あの夜、実際に公園で犯られたときも本当に吐いても吐いても吐き気が込み上げてくるほど、嫌で嫌で仕方がなかったのに……高梨さんに最初無理やりに近い感じで抱かれたとき、何故かそんなに嫌だとは思わなかった。初めは高梨さんのペースに乗せられてるだけだと思ってたんだが、いつの間にか俺は……」

里見の視線が喋り続ける俺へと戻ってきた。俺はゆっくりと、それこそ勇気を振り絞って彼に、

「俺は……高梨さんが好きなんだ」

と告げた。里見の目が驚愕《きょうがく》に見開かれる。その瞳《ひとみ》に嫌悪の色がこもろうとも、俺は彼には嘘はつきたくなかった。

「普通じゃないと自分でも思う。男が好きだなんて……抱かれても嫌じゃないなんて、自分でも本当に信じられないことなんだけど、それでも俺は本当に高梨さんが好きなんだ。お前には軽蔑《けいべつ》されるかもしれないけど、俺は――」

「田宮」

里見の掠《かす》れた声がまた俺の言葉を遮った。俺は俺から完全に目を逸らせてしまった彼の顔を覗き込むようにしながら、

「お前には……嘘つきたくないんだ」

と思いのままを口にした。

「それ以上……何も言うな」

里見は俺の顔を見返すと、歪んだような顔をして笑った。

「里見……」

彼の目に涙の兆《きざ》しを見て、思わずまた彼の顔を覗き込もうとしたとき、いきなり鳩尾《みぞおち》に強い衝撃を感じ、うっと声を上げ身体を前に折った。里見が俺を殴ったのだ、と気づいたとき、首筋に手刀を打ち込まれ、俺はその場に崩れ落ち気を失っていった。

11

不自然に身体が揺れている。下半身からぞわぞわと上ってくる悪寒のような感触に、俺の意識は目覚めはじめた。

目を開いた俺の視界に一番に飛び込んできたのは見慣れた俺の部屋の天井で、次の瞬間、俺は自分の脚の間に蠢《うごめ》く黒い頭に驚き、思わず身体を起こそうとした。

同時に自分が全裸にされた挙句に両手を背中で縛られ仰向《あおむ》けにされていることにも気づく。

一体何が起こっているんだと混乱して身体を捩ったそのとき、

「……気がついたのか」

大きく開かされた俺の脚の間から顔を上げたのは――里見だった。里見の顔の下で、今まで彼が口に含んでいた俺の雄が勃ちかけているのが、余計に俺を狼狽《ろうばい》させる。

「……何してるんだ？」

「……ずっとな、こうしたかった……十年も前から、俺はずっとこんなふうにお前に触りたかったよ」

里見はそう言いながら、俺の脚を押さえていた右手を勃ちかけた俺へと伸ばすと、やんわ

りとそれを扱《しご》き上げてきた。俺はわけがわからず、

「里見！　やめろっ」

と必死で身体を捩って彼の手から逃れようとした。が、里見は逆に体重をかけて俺の動きを制しながら、身体を俺の上でずり上げてくると、

「……どうして？」

と俺の顔を真っ直ぐに見下ろし、尋ねてきた。

「里見……」

彼の真剣すぎる顔が俺の心に恐怖を呼んだ。里見は俺自身をゆっくりと扱き上げながら、俺の目を見つめたまま、

「……どうして俺じゃ駄目なんだ？　会ったばかりの男にはやらせるのに、どうして俺だと嫌なんだ？」

とどこか歌うような口調で問いかけてくる。

何かがおかしい――次第に彼の手の中で昂まってくる己を持て余しながらも、俺は上がりそうになる息を抑え、一体何が起こっているのかと無言で里見の顔を見上げ続けた。

「……嫌じゃないみたいだな」

くす、と里見は笑って俺から一瞬目を逸らせ、彼の手の中で先走りの液を零しはじめた俺自身をちらと見た。俺は堪らず首を横に振り、

「……里見？」

と彼の名を呼んだ。里見は俺の顔に視線を戻すと、

「誰でもよかったのか？　誰にでもさせるんだったのか？」

と尚も激しく雄を扱き上げ、俺に尋ねてくる。

「……っ」

達しそうになるのを堪えながら、俺はただ首を横に激しく振り続け、彼が一体何を言おうとしているのか、その言葉の続きを待った。

「ずっと我慢していたのに。……十年以上、ずっとお前のことだけを見ていたのに……お前を失うのが怖くて、ずっと言い出せなかったのに……お前は誰にでもさせる男だったなんてな」

言葉の静かさとは裏腹に激しく俺を扱くその手の中で、耐え切れず俺は達してしまった。ドクドクと精液が流れ出すのを感じるうちに次第に俺の思考力が戻ってくる。

里見は俺をまたゆっくりと下から扱き上げるようにするとようやくそれから手を離し、俺の精液に塗《まみ》れた自分の右手を見つめてにやりと笑った。

見たことのない表情――里見は自分の指を、一本ずつ丹念に舐《な》めている。俺の精液を味わうように、ゆっくりと指をしゃぶるその顔に、俺はわけもなく叫び出しそうな気持ちになり、彼の身体の下から逃れようと必死で身体を動かした。

「……暴れるなよ」

不快そうに眉を顰めた里見が、俺の身体を強引にその場でひっくり返し、高く腰を上げさせる。頬が床に擦れて熱かった。里見は俺に腰を上げさせたまま両脚を大きく開かせると、

「……本当に……ずっとこうしてみたかった」

と呟き、いきなり俺の後ろに舌を這《は》わせてきた。生温かいその感触から逃れようと必死で前へ出ようとするが、里見は俺の腰をしっかり摑んで、より自分の方へと引き戻す。

「やめろっ、おいっ里見っ」

俺はそう叫びながら、闇雲《やみくも》に身体を捩り、彼の手から逃れようとした。俺の意志に反してまた熱くなりはじめた己に対する嫌悪と、自由にならない身体に苛立ち、悲鳴のような大声でやめろ、と叫び続ける。が、里見は全く俺の言葉など聞こえないように俺の後ろを散々その舌で舐《ねぶ》ったあと、指をぐいと差し入れてきた。う、と俺は息を詰め、身体を強張らせた。

「……狡《ずる》いよ……田宮。俺はずっと……お前のことが好きだったのに」

俺の背に伸《の》し掛かるようにしながら里見は俺の後ろを弄《いじ》りつつ、俺にそう囁いてきた。

俺は最初、彼が何を言ったのかその意味がわからなかった。

「好きだったんだよ」

身体を捩りそんな彼を見上げた俺の顎《あご》を無理やり捕らえ、里見が唇を重ねてきたとき、初めて彼の言葉の意味がストレートに伝わってきた。驚きのあまり俺は再び言葉を失い、彼が

俺の唇を貪るのにまかせ、彼の顔を見上げ続けた。俺の視線に気づいた里見は唇を離すと、

「好きなんだよ……」

と俺に囁きながら、指で俺の後ろをぐるりとかき回した。ぞくりとした感触が後ろに走るが、俺はどうしても里見のこの言葉と、彼の行為とをそのとおりに受け止めることができず、

「……嘘だろう……」

と思わず呟いてしまっていた。その言葉を聞いた途端、里見の顔つきが変わった。

「嘘？」

里見のこんな怖い顔を――俺は初めて見た。

こんなときなのに俺は呆然と、そんなことを考えてしまっていた。

彼が俺から身体を離し、かちゃかちゃと音をたてて自分のベルトを外すのを、肩越しに眺め――その意図を察してまた必死で彼から逃れようと、俺は不自由な体勢のまま身体を前へとずり上げようとした。里見はそんな俺の腰に手を回すとぐいとまた俺の腰を高く上げさせ、いきなり俺の後ろに彼の雄を捻じ込んでいた。

「……くっ」

苦痛が俺を呻《うめ》かせ、無意識のうちにまた身体をずり上げようとしたのを里見はより一層強い力で俺の腰を引き寄せて制し、そのまま無理やり激しい抜き差しを始めた。

「……ッ」

痛い――強引な彼の動きが生み出す苦痛に叫び出しそうになるのを必死で堪《こら》え、俺はただただ首を激しく横に振り続けた。やめてほしかった。離してほしかった。なにより俺は――。

里見がこんなことをしているという事実を、どうしても事実として受け止めたくなかった。

親友だと思っていたのに。何でも相談し合え、何でも語り合える、心から信頼できる友だと思っていたのに、彼は俺のことが好きだったと――こうして俺を抱きたかったとずっと思っていたというのだろうか。

そんな馬鹿な――と思いながらも俺は苦痛で遠のきそうになる意識の合間合間に、里見が時折見せたどこかはにかむような笑顔や、俺の腕を摑むときのその手の力強さを思い出していた。

「嘘じゃ……っ……嘘じゃないっ……」

うわごとのようにそう呟きながら、里見は俺を激しく突き上げ続け、やがて俺の中で果てた。ずしりとした精液の感触が、俺の嚙み締めた唇からまたも苦痛の呻きを漏らさせる。里見は俺の背の上に倒れ込むと、俺の身体をしっかりと後ろから抱き締め、まだ荒い息の下、俺の耳元で囁いた。

「嘘じゃないんだ……お前が好きなんだよ……」

「……離してくれ……」

縛られた両手が里見の胸に押されて痛みを増していた。不自然に上げさせられた腰も辛《つら》い。

何よりまだ彼自身が俺の中に挿入されている、その感覚がどうにも俺には我慢ができなかった。

里見じゃない。こんなふうに俺を縛り上げた挙句に無理やり俺を犯そうとするなんて、里見がそんなことをするわけがない――。

俺は自然と涙が込み上げてくるのを必死になって堪えていた。悔しくて仕方がなかった。犯されたことが悔しいんじゃあない。自分でもわけのわからない悔しさが胸に込み上げ、俺は唇を嚙み締めてその思いに耐えながら、もう一度、

「離してくれ」

と肩越しに彼を見上げ、押し殺した声でそう告げた。

「……夢だったよ。こうしてお前を抱くことが……」

里見は俺の声など聞こえぬように、後ろから俺を抱き締める手に力をこめ、俺の耳に口を寄せて囁いてきた。彼の両手が、俺の胸を、腹を撫で回してゆく。

「やめろ……」

繫《つな》がったまま彼に自身を握り込まれ、俺は首を横に振りながらその手を避けるためにまた身体をずり上がらせようとした。が、里見は片手で俺の胸の突起を、もう片方の手で俺自身を弄るのをやめず、

「……こうしてお前に触るのが……ほんと、夢だったんだ」

と、うっとりした口調で囁き続けた。

「こんなふうにずっと……お前に触りたかった。何回お前を抱く夢を見たか、もう数えきれないくらいだ。初めて会ったときから、ずっとお前が好きだった……。お前が俺を『親友』と呼んでくれるのが嬉しくて仕方がなかった。俺はずっと……ずっと、お前の傍にいたかった。お前に嫌われるのが嫌で、お前に触れたいという思いを必死になって抑え込んでいた……こうしてお前に触れることができる日が来るなんて……本当に夢みたいだ」

里見は執拗《しつよう》なくらいに丁寧な仕草で、俺の胸を、そして俺自身を弄り続けた。自然と息が上がってくる。が、俺は背中にいるのがどうしても里見とは思えなかった。底知れない恐怖が俺の心に芽生えつつあった。

これは俺の知っている里見じゃない。こんなふうにどこか常軌《じょうき》を逸《いっ》した雰囲気など、俺の知っている里見は持っちゃいない。

俺が昂まっていくにつれ、俺の中の里見のそれも次第にまたその熱さを取り戻しつつあるようだった。里見は丹念に丹念に俺の先端を指の腹で弄り続けながら、唇を俺の耳へと更に寄せ、俺の耳を舐めるようにしながらまた、

「……夢みたいだ……」

と囁き、俺の耳朶《じだ》を噛んだ。

「夢……じゃ……ない……」

俺は恐怖に突き動かされ、思わずそう呟いていた。そう、これは夢じゃない。俺を弄っているのは紛れもなく里見なのだ。俺は思い出したかのように彼の腕の中で抵抗を示すために激しく身体を捩った。里見がそれに気づいてまた体重をかけ、俺の動きを制しようとし俺の身体を抱き締めてくる。

「……夢じゃない……夢じゃないよな」

里見は俺をきつく抱き締めながら、そう笑った。

「離せ」

俺は必死で身体の自由を取り戻そうと彼の腕の中でもがき続ける。

「……離さない」

里見は俺の身体を尚もきつく抱き締めると、俺の肩へと顔を埋めてきた。

「里見……」

少しも緩まぬ彼の腕を解《ほど》こうと、俺は思わず彼の名を呼ぶ。

「……工藤になんか……抱かせるんじゃなかった」

里見が俺の肩に顔を埋めたまま、ぽつんとそう呟いた。工藤——その名を聞いた途端俺は思わず、

「里見？」

と無理やり身体を捩り、肩越しに彼の顔を見ようとした。が、里見は俺を抱き締める手を

緩めず、

「……あんな奴に……お前を抱かせるんじゃなかったよ」

と溜息をつくと、俺の肩から顔を上げ、逆に俺の顔を覗き込んできた。

「……里見……」

彼のいつもと変わらぬ端整な顔を見た瞬間、とてつもない恐怖に襲われた。里見が何故工藤の――俺を襲った男の名前を知っているのか。『抱かせた』というのはどういうことなのか――。

答えはすぐそこにあるのに、恐怖が思考の邪魔をした。俺は彼の腕から逃れようとまたもや激しくその腕の中でもがきはじめた。里見は俺の身体をしっかりと抱き締めながら、あの歌うような口調で、言葉を続けた。

「……そんなつもりはなかったんだ。俺はただお前を気絶させてネクタイを持ってこいとあいつに言っただけだったんだ。あいつが勝手に妙な色気を出してお前を犯したとわかったとき、絶対許せないと思った。それどころかあいつは指紋まで残して、俺の足を引っ張って……」

「里見！」

俺は思わず彼の名を叫ぶと、無理やり身体を捻って顔を見ようとした。里見はそれを制しながら逆に俺の顔を覗き込み、

「……なに？」

と微笑みかけてくる。

「……お前か…？　全部お前が……島田を殺したのも、俺にその罪を着せようとしたのも……工藤という男を殺したのも……全部…お前なのか？」

俺は――信じられない思いで、俺の顔を覗き込む彼の黒い瞳を見返していた。里見がまたにっこりと微笑み、ゆっくりと首を縦に振った。

「……嘘だ……」

呆然とする俺の身体を、里見がぐい、と自分の方へと引き寄せた。俺の中で里見の雄が一段と熱さを増したような気がした。

「……仕方がなかったんだ。島田が……子供を堕《お》ろさせた途端に騒ぎ出した。島田と付き合いはじめたのも島田が社内で一番お前の傍にいる女だったから……お前、島田みたいなタイプは結構好きだったたし、それを妨害する意味でも、普段のお前の様子を聞き出すのにもいいかと思って付き合い出したんだだが……あいつ、それにいつの間にか気づいてたんだな。俺に向かって、俺とのことを全部お前に、そして周囲にぶちまけると言ってきた。『初めから私のことなんか好きじゃなかったくせに』って……やっぱり女は敏感だな。俺がお前のことばかりを聞いてくることにも気づいてたし、俺がお前しか見てないことも気づいてた。『異常よ』と泣いて騒ぐ彼女の口を封じるしか、俺には道がなかったんだ」

淡々とそう続ける里見の顔は微笑んでさえいた。

「嘘だ……」

俺はそんな彼の顔から目を逸らすこともできず、阿呆《あほう》のようにそう繰り返すしかなかった。

「……ずっと機会を狙《ねら》ってた。お前が大阪出張の前日は深夜残業するだろうと踏んでいたから、島田にも残業させて俺の家で待たせておいた。お前を誘って終電まで飲んで、俺は家に帰って島田を抱いたあと、送っていくといって彼女を連れ出し、彼女の家の近所の公園で絞め殺した。工藤にはお前のネクタイを手に入れたら俺の家のポストに入れておけと言っておいた。まさか工藤がお前を犯しているとは知らなかったから、俺は工藤がなかなかネクタイを投げ入れないことに苛つきながら、仕方なく島田を抱いていた……工藤とは携帯の出会い系サイトで知り会ったんだ。あいつも勇気がなくて二丁目なんかには顔を出すことができず、ネットで相手を探してばっかりいると言っていた。カネさえ出せばどんなプレイもさせたし、犯罪まがいのことでも平気でこなしそうだった。強請《ゆす》られることはあるだろうが、少なくとも警察には密告《タレ》こまないだろうと踏んでお前を襲わせたんだが……あんな男から足がつくことになろうとは……思わなかったよ」

「……どうして……」

里見が俺の後ろでゆっくりと抜き差しを始めた。彼の手の中で俺の雄が俺の意志に反してびくんと大きく脈打つ。その感触を楽しむように里見は愛しそうにそれを新たに握り込むと、

「……どうして……？　何故、お前に罪を着せようとしたか、かな？」

上擦った声でそう俺の耳元で囁き、ゆっくりと俺を扱き上げつつ腰を動かしはじめた。

「……お前が……憎かったよ。俺が島田を殺すしかないと……追い詰められているときに、お前は数年来かかわってきた商談をちょうど成功させるところで……順風満帆《まんぱん》に見えたお前が憎らしかった。俺の思いも知らないで……お前のために、俺がどんなに追い詰められているかも知らないで……俺は……っ」

次第に彼の腰の動きが速まってくると同時に、俺を扱き上げる手の動きも激しさを増していった。

「やめろ……っ」

俺は達しそうになるのを必死で堪え、里見の手から逃れたくて闇雲に身体を捩ろうとした。が、彼は俺を扱きながらもう片方の手で俺の腰をしっかりと己の方へと引き寄せ、尚も激しく抜き差しを続ける。

「……お前を憎んでしまうほどっ……俺は……っ…お前が……っ」

何かに憑《つ》かれたように里見が叫びながら俺の中で達したその瞬間、いきなりダンダンと玄関のドアが叩かれ、

「ごろちゃん！　無事かっっ」

彼の——高梨氏の声がドアの外から響き渡った。俺の後ろではっとしたように身体を硬く

した里見は、それでも俺を離さず、じっとドアの方を睨んでいる。

「良平っ」

俺は思わずその名を叫び――その瞬間射るような視線を向けた里見の腕から逃れようと身体を前へと必死で投げ出しながら、もう一度、

「良平っ」

とドアに向かって叫んだ。

「ごろちゃん！」

数人の足音が聞こえる。鍵を、と誰かが叫んだが、「いい！」と高梨氏の声がそれを制したかと思うと、耳をつんざくような銃声が響き渡った。

ドアノブを打ち抜いたのだ、ということがわかったときには、わらわらと高梨氏をはじめ数名の刑事が部屋へと駆け込んできて、俺たちの姿を見てその場に立ち尽くした。

「ごろちゃん！」

悲愴な高梨氏の顔に、俺は――全裸で腰を抱かれたままになっている俺は、思わず彼の視線を避け顔を伏せた。

「来るな！」

俺を後ろから抱いたまま、里見が彼らに向かって叫んだかと思うと、ポケットを探って取り出した何かを俺の顔の前に突きつけてきた。

目の前で鈍く光るナイフの刃——一昨日の夜、俺を襲ったのと同じそのナイフの刃の光に、俺は息を呑《の》み、肩越しに里見の顔を見上げた。

「……里見……落ち着け。お前はもう逃げられない」

高梨氏は真っ直ぐに視線を里見へと向けながら、じりじりと俺たちの方へと歩み寄ろうとした。

「来るなと言ってるだろう？　こいつがどうなってもいいのか？」

ナイフがぐい、と俺の顔に押し当てられた。その冷たさに身体を竦ませながら、俺は救いを求め高梨氏を見た。高梨氏は俺に視線を戻すと、小さく頷いてみせ、戦意がないということを示すべく外国人のような仕草で両手を上にあげると、里見を見つめながらゆっくりと説得するような口調で言葉を続けた。

「……里見、冷静になれ。……工藤の携帯の履歴からお前の携帯番号が出た。それだけじゃない、警察は今、お前と島田さんの関係を洗い直している。彼女が堕胎手術をした産婦人科では、お前らしき男が彼女に同行したという証言も得ている。これから次々と証拠は出てくるだろう。お前はもう……逃げられない」

「……『良平』……か」

里見はそんな高梨氏の声など聞こえぬように、ぽつりとそう呟くと、いきなり甲高い声を上げて笑い始めた。正気を失ったような彼のその笑い声に俺は驚き彼を振り返ろうとした。

「いいよな、あんたは。田宮とよろしくできてさ。俺が十年以上もずっと我慢してきたっていうのに、あんたは会った途端にこいつを抱いたんだもんな」

里見はそう叫ぶと、いきなりうつぶせていた俺の身体を、腹に手を回して起き上がらせた。

「やめろっ」

刑事たちの前に全裸の身体を晒され——しかも後ろにはまだ里見の雄が挿入されたままなのだ——俺は必死で再び身体を伏せようと彼の腕の中で抗《あらが》った。が、里見は俺の胸のところにナイフを持った手を下ろしてくると、しっかりと俺の身体を固定し、もう片方の手を萎《な》えかけた俺の雄へと伸ばしてきた。

「やめろっ」

俺は恥辱に耐え切れず、思わず目を閉じて叫んだ。俺の胸にナイフを当てたまま、里見が俺を扱いてくる。最初から速いピッチで扱かれ、俺の意志をまるで無視して硬くなっていくそれに、俺は死にたいような気持ちになりながら、

「やめてくれ…っ……」

と里見を見上げ懇願した。

「……俺だって今、こいつを抱いてるんだ。俺の手で、こいつをいかせてやってるんだ。あんたじゃなくてもこいつをいかせることはできるんだよ、ほら、もうこんなに……」

里見はそこでまた甲高い声で笑うと、自分も腰を動かしながら、俺を一段と激しく扱き上

げる。

「やめろっ」

ほとんど悲鳴のような声で俺が叫ぶのに重なり、

「愛してる！」

という高梨氏の声が、室内に響き渡った。里見の手が一瞬止まる。他の刑事たちも驚いたように高梨氏を見つめる中、高梨氏は呆然とそんな彼を見ていた俺を見返し、

「愛してるよ、ごろちゃん」

とゆっくりと頷いてみせた。

「……良平！」

俺は——俺はそんな彼の方に思わず自分の身体を投げ出そうと、里見の腕の中でまた身を捩った。

「里見！　観念しろ！」

動きを止めた里見とその腕の中にいる俺の周りを、残りの刑事たちが囲んだ。里見は呆然としたように高梨氏を見つめていた。彼の手が緩んだのを察した俺は、この隙《すき》にと身体を前へと投げ出そうとした。が、一瞬早く里見は俺の腹へとまた腕を回し、自分の方へと引き戻した。

「……里見……」

俺が彼を見上げたとき、里見は俺を見て――泣き笑いのような顔をしたあと、ぽつりと、

「渡さないよ……」

と呟いた。

「里見……」

俺は――彼が何を言っているのかがわからず、その意図を読もうと眉を顰めて彼の顔を尚も見上げた。

「十年も……お前だけを見ていた」

里見の目には他人の――刑事たちの姿はもう映っていないようだった。俺だけを見つめ、あまりにも切ない口調で呟いた彼は、俺の知っている、誰よりも信頼できる、そして誰よりも心を許していた里見そのもので、俺は思わず、

「……俺は…お前を……」

信じていたよ、と言おうとし、込み上げてくる涙に言葉を途切らせた。里見も泣きそうな顔で俺を見返す。と、そのとき、

「里見！」

と刑事の一人が俺たちの方へと一歩踏み込んできた。

「よせっ」

高梨氏の叫ぶ声が聞こえた、と思った瞬間、里見は、

「誰にも渡さない！」

と叫んだかと思うと、持っていたナイフを俺の腹に思い切り突き立てた。

熱い——痛い、という感じはしなかった。焼けるほどの熱さを自分の下腹に感じる。

「ごろちゃん！」

悲痛な高梨氏の叫びにゆっくりと顔を向けようとした俺の目の前で、里見はいきなり俺の腹からナイフを引き抜くとそれを自分の首へと当て、目を閉じ頸動脈《けいどうみゃく》を一気に掻《か》っ切ったのだった。

「里見！」

驚いたように俺たちの方に走り寄ってくる刑事たちの足音と、

「救急車、救急車呼ばんかい！」

と叫ぶ高梨氏の声を聞きながら、俺はそのまま意識を失っていった。


俺が目覚めたのは、病院のベッドの上だった。

「ごろちゃん」

薄く目を開いた途端、泣き出しそうな高梨氏の顔が視界に飛び込んできて、俺は、

「良平……」

と名を呼び――腹に差し込むような痛みを感じて顔を顰めた。

「ああ、よかった気ぃついて……」

高梨氏は心底安堵したようにそう言い、俺の顔を両手で挟むと、

「ほんま……よかった……」

と額を合わせてくる。俺はようやくその辺りで、自分の身に起こったことを思い出し、

「……里見は？」

と彼に向かって小さな声で尋ねた。

高梨氏がゆっくりと俺から身体を離し、痛ましそうな顔をして首を横に振ってみせる。そうだよな、と俺は頸動脈から血を大量に噴き出しながら倒れていった里見の顔を思い出し、小さく溜息をついた。まだ彼の血が飛び散ってきた場所が熱いような気がする。


『誰にも渡さない』

里見は――死ぬつもりだったのだろうか。俺を殺し、自らも命を絶つつもりで、俺の家を訪れたというのだろうか。
里見が俺のことを、それこそ十年以上も前からそういう目で見ていたなんて、俺は考えた

ことなかった。俺にとって里見は、何でも相談できる、誰より信頼できる友人――親友で、彼が俺を失いたくないと思うのと同じように、俺も彼を失いたくないと思っていて、そして――。

「ごろちゃん……」

高梨氏がそっと俺の頬へと手を伸ばしてきて、いつの間にか俺が流していた涙を拭《ぬぐ》ってくれた。

「……どうして……」

その手の優しさに箍《たが》が外れたように、俺は両手で顔を覆うと、仰向《あおむ》けに寝たまま号泣してしまっていた。泣きじゃくるたびに腹に痛みが走る。それでも俺の涙は止まらず、俺は大声を上げて泣き続けた。

「ごろちゃん……」

高梨氏はそんな俺の髪を優しい手でいつまでも梳いてくれていた。その手の優しさにますます切なさが募り、俺は声が枯れ、涙が尽きるまで彼に見守られながらいつまでも泣き続けたのだった。

「……警察が里見に目をつけたんは……島田さんの殺された日の足取りを追うとるうちに、彼女を里見のマンション近くで降ろしたっちゅうタクシーが出てきたからなんよ」

俺が泣きやんだあとも、しばらく俺の髪を梳き続けてくれていた高梨氏は、俺がようやく落ち着いたのを察するとぽつぽつと話を始めた。

「終電前に帰ったはずの彼女が、殺されるまでの時間どこにおったんか……会社から彼女の家まで、虱潰《しらみつぶ》しに調べていったんやけど、全く彼女の家とは関係のない駅で、彼女を乗せたというタクシーが発見されてな、その近辺に住んでいる会社関係、友人関係を調べたところ、里見のことが浮かんできたんや。それからはもう、警察の組織力を使《つこ》て島田さんと里見の関係を調べ上げて、当日の彼の足取りを確認しはじめたところに、工藤の携帯電話の履歴から彼の電話番号が出てきて、こらもう彼を任意同行で引っ張るしかないちゅうことで会社に行ったら、今日は直行や言われてな。会社の人に頼んで彼の携帯にかけてもろても捕まらん、これは逃げたか、と騒いどるところに、ごろちゃんを張り込んでいた刑事から、ごろちゃんの部屋に里見がおるっちゅう連絡が来てな、それで慌てて駆けつけたんよ」

「……そうなんだ……」

俺は、そんな相槌しか打つことができなかった。里見が俺を抱きながら語った彼の罪は――俺にはどうしても現実のこととは思えなくて、こうして高梨氏から話を聞いてるにもかかわらず、まだ、里見が『よお』とドアの向こうから笑顔で現れるのではないか、という気がしてならなかった。

「考えてみたら、工藤が殺されるタイミング――事件にかかわってると警察が気づく前に口を封じたあのタイミングのよさは、ごろちゃんの口から、工藤の精液や指紋が採取できたという話を聞いた里見が焦ったからなんやろうね。里見の家から工藤の携帯やら財布やらが出てきたってさっき連絡があったわ……」

高梨氏は大きく溜息をつき、

「……なんでこんなことになってしもたんやろうなぁ」

と独《ひと》り言のようにそう言って黙り込んだ。

「……里見……」

自然と俺の口から、彼の名が漏れた。俺の脳裏に、最後に見た彼の——里見の泣き笑いのような表情が浮かび、堪らず俺は再び顔を両手で覆った。

里見は——どこで間違えてしまったのだろう。俺を好きになってしまったところからか。島田とその気もないのに付き合い始めたところからか。それとも、工藤という男と出会ったところからか。それとも——十数年前、俺と出会ったところからだろうか。

里見の狂ったような甲高い笑い声はもう俺の耳には甦ってはこなかった。偽りであったと今ではわかっているはずなのに、俺の心に浮かぶのは、『お前を信じてるからな』と俺の手を握り締めた彼の真摯《しんし》な眼差しであり、『心配だったから』といって深夜にかけてきてくれた電話の声であり、『人の心配する前に自分の心配しろよ』と俺に笑いかけたその笑顔であり——。

俺はどうしても里見を――俺を島田殺しの犯人に仕立てあげようとした彼を、俺を犯し、俺を殺そうとした彼を――憎むことができないでいた。

「ごろちゃん……」

いつの間にかまた声を押し殺して泣いていた俺の髪を撫でてくれながら、高梨氏が静かな声音で俺に語りかけてきた。

「……里見は……もう逃げられんと思たとき、ごろちゃんを殺して自分も死ぬつもりやったと思うんよ」

俺は顔を覆っていた自分の手を退け、高梨氏の顔を見上げた。

「ごろちゃんを誰にも――僕には絶対渡さへん、言うてほんまは殺そうと思っとったのを、最後の最後で、やっぱりごろちゃんの信頼を裏切ることはできん思うて、一人で死んでいったんとちゃうかなあ……」

高梨氏はそう言って俺の目を見て微笑むと、

「ごろちゃんの気持ちは……里見には通じてたと僕は思うよ」

とまた俺の髪を撫でた。

「俺の……気持ち……？」

その優しい手の感触に引き込まれそうになりながら、小さな声で彼に尋ねる。

「そう……『親友』やったんやろ。誰より信じてる、大事な友だちやったんやろ」

にっこりと微笑み俺の顔を覗き込んでくる彼の前で、俺は涙で顔が歪んでしまうのを抑えられず、

「うん…」

と小さく頷いたあと、また両手で顔を覆った。

「いくらでも泣いてええんよ……大事な友だちを亡くしたんやさかい、気の済むまで泣けばええんよ…それからゆっくり眠って……な」

そう囁きながら高梨氏は俺の髪を撫で続けてくれている。

「安心してええよ……ずっと僕が傍におるから」

高梨氏の言葉が泣き続ける俺の胸に温かく染み入り広がってゆく。

うん、と俺は小さく頷くと、心の中で愛《いと》しい彼の名を呼んだ。

「なに？」

それが聞こえたかのように、高梨氏は俺の髪を撫でながら囁いてくる。

「…………」

愛してる、と言いたかったのに、涙で言葉が出てこなかった。

「……愛してるよ」

俺の代わりに、高梨氏はそう言うと、うん、と頷く俺の髪をいつまでもいつまでも梳き続けてくれたのだった。

腹の傷は思ったよりも深く、俺が職場に復帰できたのはそれから三カ月後だった。

会社の同僚も事件が解決したことがわかると続々と見舞いに来てくれるようになった。里見が俺の会社での成功に嫉妬し、俺を陥れようとした、というように同僚たちは思っているようだった。マスコミにも、里見が死んだときの情況は流れることなく——警察が、というより、高梨氏がその事実を押さえきってくれたらしい——俺は単に仕事上の男の嫉妬に巻き込まれた気の毒な被害者として、世間では受け入れられているようだった。

会社を辞めようか、と思わなくもなかったが、ここで辞めては里見に対して申し訳ないような思いがしてしまい——里見は俺が職場に復帰できるよう、共に頑張ると言ってくれたからだ——周囲の好奇の目を気にしつつもそのまま勤め続けることに決めた。

高梨氏は事件が解決したあとも、毎日のように俺のアパートを訪れては、

「おかえりのチュウ」

と俺を玄関先で抱き締めてくる。

そんな彼を伴って俺は里見の実家に線香を上げに行った。里見の母親は何も知らされてないのだろう、本当に申し訳なかったと里見が俺を刺したことを詫び、恐縮する俺にいつまでもいつまでも頭を下げ続けた。

葬式は出さなかった、という彼のお骨が供えられている仏壇に線香を手向《たむ》けながら、小さな写真立てに入った彼の遺影に俺は両手を合わせた。

写真の里見は——笑っていた。屈託のない笑顔で、今にも俺の名を呼んでくれそうだった。

「本当に申し訳ないことをしました」

泣き崩れる里見の母の前で俺も思わず泣いてしまった。里見は——いまだに俺にとっては、かけがえのない友だった。

「一緒に暮らさへん?」

帰り道、ぽつりと高梨氏が独り言のように呟いてきたのに、

「うん」

と頷き、俺は彼の胸に身体を寄せた。高梨氏は何も言わず、そんな俺の背中をぎゅっと抱き寄せてくる。

「良平……」

名前を呼びながら、俺は彼の胸の温かさを背に感じ、何故か泣きたいような気持ちになっていった。

「……愛してるよ」

高梨氏はそんな俺の心を見透かしたように囁くと、うん、と頷いた俺の背を、尚も強い力で抱き締めてくれたのだった。

それから

味噌《みそ》汁に味噌を溶かし入れ、あとひと煮立ちで完成、というときにドアチャイムが鳴った。

慌ててコンロの火を止め、玄関へと走る。

「はい」

彼だろうな、と思いつつドアの向こうに声をかけると、

「ただいまあ」

という高梨《たかなし》氏の——良平《りょうへい》のどこまでも明るい声がした。ドアを開けてやると、良平はいつものようにその場で俺を抱き締め、

「ただいまのチュウ」

と唇を突き出してくる。

「おかえり」

まさか自分がこうして毎日『おかえりのチュウ』を普通にする日がくるなんて——『おかえり』だけじゃなく、『おはようのチュウ』『いってらっしゃいのチュウ』『おやすみのチュウ』が基本パターンで、オプションで『いただきますのチュウ』『テレビ見ましょうのチュウ』と何かと理由をつけて良平はキスしたがるのだけれど——しかも同年代の同性とするこ

とになるなんて、半年前には思いもかけなかったことだ。

軽く唇を彼の唇へとぶっけ、すぐに離れようとした俺の頭を、良平は後ろから押さえ付けると、

「おい」

と非難の声を上げようとした俺の口内へと舌を差し入れてきた。痛いほどに舌をからめとりながら、良平はもう片方の手を俺の背中から腰へと下ろし、スラックス越しに尻《しり》をぎゅっと摑《つか》んで自分の下肢《かし》へと引き寄せる。

「やめ……っ」

帰ってきた途端に欲情してどうする、と俺は彼の胸に手をついて身体《からだ》を離そうとした。が、それは、次第に激しくなってくるくちづけと、押し付けられた彼の雄の熱さの前には、我ながらあまりにも無力な抵抗だった。

いつの間にか俺は彼のスーツの背にしがみつき、彼とのくちづけに没頭してしまっていたのだが、突然良平の腹から響いてきた、『グウ』という音に思わず吹き出してしまい、玄関先での熱い抱擁《ほうよう》はそれでお開きになった。

「……かんにん」

バツの悪そうな顔をして良平が頭を掻《か》く姿もまた可笑《おか》しくて、

「メシ、できてるから」

と言いながらも、俺はつい笑ってしまった。

「そんなに笑わんでもええやん」

そう口を尖《とが》らせた良平の唇に軽くキスすると、俺は冷めてしまった味噌汁を温めに台所へと戻ったのだった。

大学のときから一人暮らしをしているので、自炊はそれほど苦にはならない方だったのだが、会社に入ってからは業務の忙しさから、外食ばかりの毎日を送っていた。それがまたこうして自分で飯を作るようになったのは、一つは退院してから復帰した職場が、俺に対してそれほどハードな仕事をふらないようにという心遣《こころづか》いをしてくれているために、早く帰れるようになったからと、もう一つは――というか、これが主要な理由なのだが――あの事件以来、ほぼ毎日のように良平がこうして「ただいま」とウチに来るようになったからだ。

「ほんま、ごろちゃんの作ったメシは美味《うま》いわ」

彼の言葉をまるまる信じちゃいないが、それこそ何を作ってもぺろりと平らげてくれるその豪快な食べ方は見ていて気持ちがいいほどで、もしかしたら俺はその顔を見たいがためにこうして毎日台所に立つようになったのかもしれなかった。

「今日は何やろ」

味噌汁を温めている俺の背後にいつの間にか近づいていた良平が、後ろから俺を抱き締めながら肩越しに鍋《なべ》の中を覗《のぞ》き込んでくる。

邪魔だよ、と睨《にら》むと、はいはい、といつになくおとなしく引き下がったのは、余程腹が減っていたからかもしれない。

「じゃ、僕はメシでもよそうわ」

良平は茶碗を食器棚から出してくると、何を思い出したのか不意にくすりと笑った。

「なに?」

「なんや……ほんま、僕ら結婚したみたいやねえ」

そう言って笑った良平の顔があまりに幸せそうに見えたのが嬉《うれ》しくも照れくさくて、

「馬鹿《ばか》じゃないか」

俺は慌ててコンロへと視線を戻すと、赤面しているのを悟られまいと味噌汁を乱暴にかき回したのだった。


「いただきます」

いつものようにお箸《はし》を両手に挟んで頭を下げる良平の姿は、なんだか外見に似合わず可愛《かわい》くて、ついつい笑ってしまう。

「ほんま、美味いわ。僕の見込んだとおりやね。ごろちゃんはええ奥さんになろわ」

凄《すご》いスピードで俺の作ったメシを平らげながら――今日はメインはぶりの照り焼きにしてみた――良平は俺に向かってにっこりと笑った。

「……『奥さん』になるって……」

やってることは確かに『奥さん』と同じだけど、などと考えてしまう自分が情けない。

「ちゃうわ。もう僕の奥さんやもんね」

これからなるんちゃうしね、と言いながら良平はまるで俺の心を読んだかのように、

「僕にご飯作ってくれて、お風呂もたいてくれて、それから……」

と意味深に言葉を途切れさせた。

「なんだよ」

「……今日は一緒にお風呂、入ろか」

にんまり笑う良平の言葉に、俺は飲んでいた味噌汁を吹きそうになってしまった。

絶句する俺に向かって良平は、

「やっぱり新婚さんゆうたら、一緒にお風呂入る、これが基本やもんね」

とますます調子に乗ったことを言ってくる。思わず俺は、

「いつ俺たちが『新婚さん』になったんだよ」

と彼を睨みつけてしまった。

「ああ、そうか。やっぱりごろちゃんはちゃんと式、挙げたいタイプなんやね」

うんうん、と腕組みして頷《うなず》いている彼に付き合っているのも馬鹿馬鹿しくて、俺は一人メシをかっこみはじめた。良平は、やっぱり結婚式ゆうたら教会がええかなあ、とか、軽井沢《かるいざわ》の馬車も捨て難いけど、ハワイ挙式もええかもしれんね、とか、人でわけのわからないことを言っていたが、俺が全く相手にしないでいると、

「なあ、ごろちゃん」

とテーブルの下、その長い足を伸ばしてきて、ちょいちょい、と俺の足を軽く蹴《け》った。

「なんだよ」

最後の一口を食べ終え、茶碗を置きながら彼のほうを見ると、既《すで》に綺麗《きれい》にメシを平らげていた良平は俺を見返しにっこりと笑った。

「お茶？」

そう言って立ち上がろうとする俺の脛《すね》を、良平の足がすうっと下から撫《な》で上げていったかと思うと、彼の足先はあっという間に俺の太腿《ふともも》を上り、慌てて身体を引きかけた俺の股間《こかん》に達すると、その指でぎゅっとそこを握ってきた。

「……おいっ」

強いくらいの指の力に思わず上げかけた腰を下ろしてしまいながら、俺は目の前でにやにや笑っている良平を睨みつけた。

「なあ、ごろちゃん」

良平はまた足の親指でぐい、と俺の股間を圧《あっ》してくる。

「やめろよ」

その刺激に勃《た》ちそうになったのを悟られまいと、椅子《いす》を引いて立ち上がろうとすると、

「さっきの続き、せぇへん？」

と良平は、またぎゅっとそこを足の指で握ってきた。

「つづき？」

問い返しながらテーブルの下に手を入れ、良平の足首を摑む。

「そう……もうお腹《なか》もくちくなったし、食欲が満たされたあとはやっぱり……な？」

と俺に足首を握られたままで良平はツン、とまた俺の雄を足先で突いた。

「……馬鹿」

俺はそう言い捨てると、力いっぱい彼の足を、一瞬上に持ち上げてから下へと投げ下ろしてやった。

「いてて……」

踵《かかと》を強く床に打ちつけてしまったようで、良平が椅子に座ったまま蹲《うずくま》るのを、

「自分が悪いんだからな」

と睨みつけると、俺は後片付けのために立ち上がった。

「いけずやねえ」

良平が恨みがましい目をして、ちゃっちゃと食器を片付けている俺のことを見上げている。

「風呂、入っちゃえよ。さっきお湯張っておいたから」

テーブルを回り込んで彼の前を片そうとした俺の腰に、いきなり良平の手が伸びてきたかと思うと、そのままガタンと椅子を引いた彼の膝《ひざ》の上に俺は抱き込まれてしまった。

「おい」

片付かないだろ、と抗議をしかけた唇を良平の唇が塞《ふさ》ぐ。

「ん……っ」

良平の膝の上に横座りになっていた俺の内腿に彼の手が差し込まれ、そのまま脚の付け根へと上ってきた。きつく舌を絡めながら彼が服越しに握るそこは先ほどの疼《うず》きをすぐに思い出したようで、軽く揉《も》まれただけで形を成してくる。それを察した良平は唇を合わせたまま微笑《ほほえ》むと、俺のスラックスのファスナーを下ろし、手を突っ込んで勃ちかけた雄を取り出した。

「……っ」

煌々《こうこう》と明かりの灯る食卓で、じかに彼の掌《てのひら》に握られた己の雄を見下ろす恥ずかしさに、俺は思わず身体を捩《よじ》って彼の腕から逃れようとした。が、勿論《もちろん》それを良平が許すわけもなく、俺の背を抱く手に力を込めると、もう片方の手で俺を激しく扱《しご》きはじめた。

「……っ」

仰《の》け反《ぞ》る俺の身体をしっかりと抱き寄せながら、良平は俺の上げる声を塞ぐように唇を重ね、絡めた舌をきつく吸い上げてくる。俺の先端からはもう先走りの液が滲《にじ》み出て、それが彼の掌を濡《ぬ》らし、彼が俺を扱くたびに、くちゅくちゅという淫猥《いんわい》な音をたてていた。俺の太腿に当たる彼自身もひどく熱い。俺は彼のシャツの胸の辺りをぎゅっと摑んで自分の限界が近いことを知らせた。

「……ここでしよか？　それとも……」

ようやく唇を離してくれた良平が、近く顔を寄せたまま俺にそう囁いてくる。『それとも』の先はなんなんだろう、と目で問いかけた俺に彼は、

「風呂でする？」

とにやりと笑ってみせた。

「……ここ」

なにを答えさせるんだ、と赤面する俺に向かって良平は、

「了解」

と笑うと、手早く俺のベルトを外し、下着ごと一気にスラックスを引き下ろした。

ワイシャツを着たまま下肢だけ剝《む》き出しにされた俺の腹へと腕を回すと、良平は俺を抱いて椅子から立ち上がり、その場で俺に四つん這《ば》いのような姿勢をとらせた。背中に伸《の》し掛《か》かるようにして身体を合わせながら、良平は俺を握り込み、もう片方の手を俺の後ろへと伸ば

してくる。

軽くそこを慣らした指はすぐに退いてゆき、代わって猛《たけ》る彼の雄が捻《ね》じ込まれてきた。彼の手の中で俺自身がそれを待っていたかのようにびくんと震える。

「シャツは着たまんまっちゅうのが、なんやそそるわ」

後ろから俺の耳元に囁《ささや》きながら、良平はゆるゆると腰を動かしはじめた。

「馬鹿……」

答えた声がやけに掠《かす》れてしまう。

「……もっと、声、聞かせて」

くす、と笑いながら良平はまた俺に囁くと、耳朶《じだ》を軽く噛《か》んだ。

「……やっ……」

嫌だ、と答えたかったのに、彼の望みどおりの喘《あえ》ぎが口から零《こぼ》れてしまい、羞恥《しゅうち》に唇を噛む。

「ええやん……」

再び俺の耳朶を噛みながら、良平はまたゆるりと腰を動かした。

良平はなかなか、奥まで突き上げようとしてこない。俺を焦《じ》らすようなゆっくりした動きに、いつの間にか俺は自ら腰を高く上げ、彼との接合を深めようと動いていた。

俺の背中で、う、と良平が低く声を漏らす。その声がますます俺の劣情を煽《あお》り、思わず肩越しに振り返ると、俺を見下ろしていた良平とかっちりと目が合った。

「ごろちゃん……」

俺の身体を後ろから抱き寄せながら、良平が俺の名を囁いてくる。

「声……」

自然と、その言葉が俺の口から漏れた。さっき良平に言われた台詞《せりふ》が頭に残っていたのだろう。

「え……？」

良平が、なに、というように俺の唇に耳を寄せてきた。

「俺も……良平の声……聞きたい」

何故《なぜ》そんなことを言ってしまったのだろう。言った俺も驚いたが、良平はもっと驚いたようだった。

一瞬言葉を失い、目を見開いたあと、良平はくす、と笑いながら、

「ごろちゃん……なに、やらしいこと言うてるの」

と、俺自身を握り込み、

「喘《あえ》ごか？」

ふざけたようにそう言うと、そのまま俺を扱き上げた。

「……あっ」

思わず漏れてしまった声を誤魔化すかのように俯《うつむ》いた俺の耳元で、

「やっぱりごろちゃんの声の方がええわ」

と良平はまた笑い、俺を扱く手はそのままに、激しく腰を使って俺の後ろで抜き差しを始めた。

「……はぁっ……あっ…」

力強い彼の突き上げに、俺の口からはもう誤魔化しようのないくらいの高い声が漏れはじめた。良平の唇から、呼吸の合間に漏れる抑えたような低い声が、時折俺の声に被《かぶ》さり、俺をますます興奮させてゆく。

「りょう……っ」

叫ぶようにして呼びかけた彼の名は、己の喘ぎに呑み込まれてしまった。それに気づいた良平は、俺の背中で息を乱しながらもまたくすりと笑うと、尚《なお》も激しく腰を使いはじめた。

次第に激しくなってくるその動きに俺は両手をしっかりと床について己の体が崩《くず》れ落ちそうになるのを支えた。いつしか滾《たぎ》るような欲情の波に呑み込まれていきながら、俺はそのまま彼の胸の下で、あられもない声を上げ続けてしまったのだった。

「風呂……冷めてもうたかな」

結局あのあとベッドに移動し、今度は全裸で二人抱き合った。時計の針は既に十二時を指している。

「……うん」

気怠《けだる》い身体を起こしながら頷き、一足先にベッドを抜け出した良平を見上げる。

「一緒に入ろか」

まだ懲《こ》りずに誘ってくる良平に、黙って首を横に振ってやると、

「ほんまにごろちゃんは恥ずかしがり屋さんやねえ」

と笑って俺の頭を撫で、良平は一人風呂場へと向かっていった。

別に照れ屋なわけでも、どうしても彼と一緒に風呂に入りたくないというわけでもなく、単に物理的に狭い、という理由なんだけどな、と思いながら、俺はぼんやりとリビングの明かりが逆光になって照らし出す、良平の彫像のような見事な体軀《たいく》を見つめていた。

「ごろちゃんと暮らすようになってから太ったわ」

と苦笑していた彼だったが、こうして見る限り、彼の身体には贅肉《ぜいにく》のかけらも見えない。

前半身の、その隆々とした胸の筋肉も素晴らしいが、背中から腰にかけてのラインや長い脚など、後ろ姿も本当にバランスがとれていて、俺は思わず彼が浴室に消えるまでその姿を目で追ってしまった。

彼が初めてこのアパートに来た日も、こんなふうに身体に見惚《みと》れたのだった、と俺は不意にそんな昔のことを思い出し、くすりと一人笑ってしまった。

初対面だというのに彼を家に上げてしまったのは、勿論あの事件のせいではあるのだけれど、それだけじゃない、なんだか本当に初対面とは思えない、人懐っこい良平の雰囲気にまんまと乗せられてしまったからだった。

『一目惚《ぼ》れなんです』

あの日の良平の眼差《まなざ》しが俺の脳裏に甦《よみがえ》る。

一目惚れしたのは——きっと俺の方だったのだろう。

里見《さとみ》の事件が解決したあと、良平は毎日のように病院に俺を見舞ってくれた。怪我《けが》をさせたことに責任を感じているのかもしれない、と俺は思い、気にしなくていいのに、と何度も彼に申し出た。

口ではそんなことを言いながら、事件が解決したからには、良平は俺から離れていってしまうかもしれないと俺は思い、そのたびにこの歳《とし》にして泣き出したくなるような胸の痛みを覚えた。退院の日が近づくにつれ、彼なしに生きていくことなどできるのだろうか、と真剣に一人ベッドの上で考え、眠れなくなることもあった。

いよいよ退院です、と医者に告げられたとき、嬉しいはずであるのに、俺は礼を言う顔がひきつるのを抑えることができなかった。その日の夜、やはり見舞いに来てくれた良平に俺は来週退院できるようになった、とできるだけなんでもないことのように報告した。

「よかったやないの。ああ、ほんま、ほっとしたわ」

退院祝いやらなあかんね、と良平は自分のことのように喜んでくれ、痛いくらいの強さで俺の背をばんばんと叩《たた》いた。その喜びは、俺から解放されることへの喜びではないか、という卑屈な考えが頭を擡《もた》げるのを俺は必死で押し殺し、

「ありがとう」

と礼を言ったあと、毎日見舞いに来てもらって本当に申し訳なかった、と彼に詫《わ》びた。

「なに言うてるの。僕が好きで来てるだけやないか」

良平はそう言うと、あまりにも優《やさ》しい目をして俺の髪をくしゃくしゃ、と撫でた。

「……うん」

俺は何故か込み上げてきてしまった涙を悟られまいと、頷《うなず》いたままじっと頭を下げていた。と、良平の手が俺の頭の上で止まったかと思うと、

「あのな」

と、ひどく言いにくいことを切り出すように、俺の顔を覗き込んできた。俺の心臓はそのときドキン、と大きく脈打った。

いよいよ——なのかもしれない。

俺の退院を機に、もう会うのはよそう、と言われるのかもしれない。知らず知らずのうちに俺は膝の上で毛布を握り締めてしまっていた。

「申し訳ないんやけどな」

良平は見舞い客用のパイプ椅子から立ち上がると、俺のベッドの上に俺と並ぶようにして腰掛けた。

「僕な、勝手にごろちゃんの部屋の片付け、してもうたんよ。僕が撃ち抜いてドア壊してしもうたし、なんや、ほら、ようけ汚れてしもうたやないか。せやからハウスクリーニング勝手に頼んで、鍵《かぎ》も付け直したんよ」

「え？」

まるで想像と違うことを言われ、俺は唖然《あぜん》として彼を見返した。

「ほんま、ごめんな」

良平はもう一度深々と頭を下げたあと、ごそごそとポケットを探ると鍵を二つ取り出した。

「これ、新しくした部屋の鍵。ディンプル錠にしたからピッキングの心配なしや」

良平はにっこりと笑って俺の掌《てのひら》を上に向かせると、その鍵をぽん、とそこに置いた。

「あの……」

手の中の鍵と良平を代わる代わるに見つめる俺に良平は、

「あ、でも、もし引っ越そうとしとるんやったら、別に気にせんでくれてええよ？　ただし、絶対に引っ越し先は教えてな？　それだけは約束してくれるか？」

と鍵ごと俺の手を握り込みながら、俺の目を見つめてきた。

「……良平……」

彼に握られた手が熱い。熱いのは手だけじゃない、涙が盛り上がってきてしまった瞳《ひとみ》も熱くて、堪らず俺は顔を伏せ、うん、と小さく頷いた。ぽたぽたと涙が、俺の手を握る良平の手へと落ちてゆく。

「ごろちゃん？」

どないしたん、と少し慌てたように俺の顔を覗き込んでくる良平に、俺はなんでもない、と無言で首を横に振り続け、ぎゅっと彼の手を握り返した。良平もそれに気づいてくれ、またぎゅっと俺の手を握ってくる。二人の掌の間で、良平のくれた鍵が互いの掌を圧した。そうだ、と俺は顔を上げると、なに、と首を傾《かし》げた良平に向かって、

「これ」

と握られた手を彼の顔の前まで持っていった。

「え？」

良平が俺の手を離す。俺は掌の鍵を一本外すと、

「引っ越さないから」

と、それを良平へと差し出した。良平は一瞬ぽかん、とした顔でその鍵を眺めていたが、やがて、

「ごろちゃん」

と破顔すると、その鍵ごと俺の手を握り、そのままぐい、と俺の身体を抱き寄せた。

「愛してるよ」

力いっぱい俺を抱き締め、そう囁いてくる良平の声に、うん、と俺は頷いて、新たに込み上げてきてしまった涙を彼の肩口でそっと拭ったのだったが——。


「ごろちゃん？」

いつの間にかぼんやりしてしまっていたらしい。良平の声に俺ははっと我に返った。目の前でバスタオルを腰に巻いた良平が、タオルで濡れた髪を拭いながら心配そうに俺を見つめている。

「ああ、もう出たの？」

慌てて起き上がった俺に、良平は、

「かんにん……ちょっとキツかった？」

と言いながら、ベッドに腰掛け、俺の肩を抱いてきた。

「……まあね」

昔のことを思い出していた、というのも照れくさくて、俺はそう苦笑すると、

「特別キツうした覚えはないいんやけどなあ」

とぼそりと言った彼の濡れた肩へと顔を埋める。

「ごろちゃん？」

そんなに辛《つら》いん？　とおたおたしかけた良平に、俺は、違うよ、と笑うと、あの日のまま
の彼の逞《たくま》しい肩へと顔を寄せ、今の幸せをしみじみと噛み締めたのだった。

事件は意外な結末だった
親友が真犯人…っすか?
ああ
そら驚くわな
はぁ…
何か言いたそうな顔やな
えっ いや…
田宮…でしたっけ
彼は今どうしてるんかなって
なんや珍しいな お前がそういう気遣い見せるなんて
いや ただの興味っす
あ…そう…
ああいう人のよさそうな奴が 身近な人間に裏切られて どう変わっていくんか…
変わらんかも知れんしな
変わらんわけないでしょう
あんな目におおて
いや 分からんで?
……
まあ どうでもいいですけどね
もう二度と会うこともない男のことや

あとがき

はじめまして＆こんにちは。愁堂れなです。

このたびは十八冊目のルチル文庫となりました『罪なくちづけ』をお手に取ってくださり、本当にどうもありがとうございました。

本作は二〇〇二年にアイノベルズ様より発行していただきましたノベルズの文庫化となります。倒産により絶版となっていた本書を文庫として出し直してくださったルチル文庫様に、改めまして心より御礼申し上げます。

『罪なくちづけ』は私のデビュー作でもありました。オリジナル小説のＨＰを立ち上げたのが二〇〇一年十二月、『罪なくちづけ』は『見果てぬ夢』というタイトルで二〇〇二年三月に連載していたのですが、五月頃に前述のアイノベルズ様よりノベルズとして発行したいとお声をかけていただいたのでした。

当時プライベートで色々大変だったので、突然降って湧いたデビューのお話に、神様っているのね、と思ったことを懐かしく思い出します（特定の宗教はないんですが）。

自分がデビューできるなんてまったく考えていなかったので、青春（図々しい）の思い出のつもりで一冊出していただこう、と思っていたのに、早くもあれから八年が過ぎようとしています。こうして本を出し続けることができるのも、いつも応援してくださる皆様のおかげです。本当にどうもありがとうございます。

イラストの陸裕千景子先生ともも う、八年越しのお付き合いとなります。いつも本当にありがとうございます！ 毎回毎回、大きな感動と幸せをいただいています。

この本がデビュー作なので、はじめてキャララフをいただいたのも陸裕先生でした。いただいた良平とごろちゃんが、もうもう！ イメージぴったり、いえ、イメージ以上に素敵で、めちゃめちゃ感激したものでした。

今回、なんと、イラストを全部描き下ろしてくださいました！ 本当にどうもありがとうございます!! おまけ漫画も、この二人がきたか！ と驚きつつ、今後の展開を思い、にやりとしてしまいました。漫画の続きが気になる方は是非『罪な回想』をお手にとってみてくださいね。

お忙しい中、今回もたくさんの幸せをどうもありがとうございました。これからもどうぞよろしくお願い申し上げます。

担当のO様にも大変お世話になりました。出し直しをウチで、とおっしゃってくださったときの安堵と嬉しさは忘れられません。これからも頑張りますので、何卒よろしくお願い申し上げます。

また、この作品を商業誌にしてくださったK様に、この場をお借りいたしまして心より御礼申し上げます。

最後に何よりこの本をお手にとってくださいました皆様に御礼申し上げます。

私にとっても本当に思い入れのあるデビュー作を、こうしてまた世に出していただくことができましたのも、いつも応援してくださる皆様のおかげです。

今回、本編とノベルズ発行時に書き下ろした『それから』に加え、随分前に完売してしまったために再販のリクエストが多かった『together』を収録していただきました。

既読の方にも未読の方にも、少しでも楽しんでいただけるといいなとお祈りしています。

次のルチル文庫様でのお仕事は年内に何冊か文庫をご発行いただける予定です。『罪』や『unison』、それに『JK』シリーズの続刊も今後出ますので、どうぞお楽しみに。

また皆様にお目にかかれますことを、切にお祈りしています。

二〇一〇年六月吉日

愁堂れな

（公式サイト「シャインズ」http://www.r-shuhdoh.com/）

午前中の配送をお願いしておいたテーブルと椅子《いす》が届いた。先週の休みに良平《りょうへい》と一緒に有明の大塚家具に買いに行ったのだ。

「なんや部屋が狭くなったなあ」

梱包を解いてくれた業者が部屋を出て行くと、良平はそれらを前に腕組みをし、溜息《ためいき》をついた。

「こんなもんだろ」

確かに家具屋では小さく見えたこのテーブルも、俺の狭い部屋の中ではかなりの幅を取っている。だが、必要にかられて買ったものなのだから、今更そんなこと言っても仕方がないじゃないか、と我ながらそっけなく答えると、良平は申し訳なさそうな顔をしながら俺に頭を下げてきた。

「ごめんな」

「謝ることじゃないだろ？」

どうしてこんなにぶっきらぼうに答えてしまうのだろう。『気にするな』でもなんでも他に言いようは沢山あるだろうに、これじゃまるで怒っているみたいじゃないか、と俺は、ますます申し訳なさそうな顔になった良平を前に心の中で舌打ちしたものの、どうフォローしていいかわからず、黙って彼の胸に顔を寄せた。

「ごろちゃん？」

頭の上で良平の驚いたような声がする。

「……ごめん」

他にどんな言葉も浮かばず、小さくそう呟《つぶや》くと、

「なんでごろちゃんが謝るの？」

良平がくすりと笑い、俺の背を抱き締めてきた。彼の手が俺の頬《ほお》にかかり、上を向かされたと思った途端、唇が落ちてくる。

「……んっ……」

はじめからきつく舌を吸われ、思わず俺は彼の背中に腕を回してシャツの背をぎゅっと摑《つか》んだ。それに応えるように良平は俺の背をきつく抱き直し、片手を下へとすべらせながら俺の下肢《かし》を自分の方へと引き寄せる。

キスだけなのに熱くなりつつあるのを気づかれるのが恥ずかしくて、腰を引こうとした俺の尻《しり》を摑むと、良平は自分も昂《たか》まっていることを伝えようとでもするかのように、熱いそれを俺の腹へと擦り付けてきた。

なんだ、お互いさまだったのか、と薄く目を開いて彼を見上げると、視線を感じたのか良平も目を開き、唇を合わせたまま微笑《ほほえ》みかけてくる。

更にぐい、と力強く抱き寄せられ、服の間で己が擦れる感触に、思わず声を漏らしそうになったそのとき、

「あのー、お取り込み中、申し訳ないんですが」

遠慮深い呼びかけに、俺たちはぎょっとして抱き合ったまま声のした方を振り返った。その場に立っていたのは先程の配送の若者で、おずおずと伝票を差し出してくる。

「ここに受け取りの印鑑、お願いしたんですが……」

「ああ、ごくろうさん」

良平は、ショックのあまり硬直してしまっていた俺を片手で抱いたまま、手を伸ばしてその伝票を受け取ると、

「はんこ、どこ？」

と俺を見下ろしにっこり笑った。が、『ああ、電話の脇の引き出し』などと冷静に答える余裕は今の俺にはなかった。辛《かろ》うじて彼の腕から逃れることはできたが、『見られた』という事実に頭に血が昇りすぎてしまって、言葉を発することが出来ない。

赤面したまま立ち尽くしている俺を見かねてか、若者はやはりおずおずとした口調で、

「サインでもいいんですけど」

と言い、良平にペンを差し出した。

「おおきに」

良平は少しも悪びれた様子なく彼からペンを借り、さらさらと名前を書くと、笑顔で伝票を若者に返した。

「はい」

「ありがとうございました」

さすがプロ、まるで何ごともなかったかのように若者は営業スマイルを浮かべながら元気よく頭を下げ、そのままドアを駆け出していってしまった。

「爽やかやねえ」

にこにこしながら後ろ姿を見送っていた良平が「さて」と俺の方を向き直る。

「つづき、しよか」

「あのねえ」

再び抱き寄せようとしてくる彼の胸に両手をついて、俺は思いっきりその身体を突き飛ばした。

「どないしたん？」

良平が心底不思議そうに俺の顔を覗《のぞ》き込んでくる。

「なんで？　なんで平気なんだよ？　あんなとこ見られたのに……っ」

日本人らしい恥の概念ってモンがないのか？　と、未だ動揺がおさまらない俺が睨《にら》むと、

「ほんま、びっくりしたなあ」

良平は、ほんとにびっくりしたのか？　と疑うような軽い調子で笑った。

「まあ、ええやん。あのコかてたいして気にしてへんかったし」

「あのコって……」

なんとなくその呼称に親愛の情を感じカチンときてしまったのは、先ほどの若者が結構可《か》愛《わい》い顔立ちをしていたからだ。

「なんや？　ヤキモチ？」

たちどころに良平に図星をさされたのがまた癪《しゃく》に触って、

「なんでそうなるんだ？」

と俺は、にやにや笑いながら俺を抱き寄せようとする彼の胸をまた力一杯突き飛ばした。

「ええやないの。いちゃいちゃするんは新婚家庭のお約束、見たいっちゅーもんは見せたらな」

良平は、そんな俺の心中などお見通し、とばかりに強引に俺を抱き締めながら、再び唇を落としてくる。

「見たいかな……」

見たくはないだろ、と、ぼそりと呟いたあとで、まてよ、と俺は彼の唇を避け、本来突っ

込むべき場所に正しくツッコミを入れた。

「誰が『新婚』だって？」

「誰て……」

良平が何を今更、と言わんばかりに笑って、俺の尻をぎゅっと摑む。

「僕とごろちゃんに決まっとるやないか」

そしてさも当然のことを言うかのようにそう囁《ささや》いたかと思うと、「馬鹿《ばか》」と言い返そうとして開いた俺の唇を強引に塞《ふさ》いだ。


新婚家庭——俺、田宮吾郎《たみやごろう》が俺のアパートで男二人の『新婚生活』ならぬ『同棲生活』を始めることになったきっかけは、今から四ヶ月ほど前に遡《さかのぼ》る。

四ヶ月前、俺はある殺人事件に巻き込まれてしまったのだが、その事件の捜査を担当したのが、彼、警視庁捜査一課の警視である高梨《たかなし》良平だった。

その殺人事件というのは、俺の同僚の女性が公園で暴行された上に殺されたというものだった。ある理由からその事件の容疑者にされてしまった俺の無実を、彼は『あなた、犯人やないでしょ』と信じてくれ、事件解決に尽力してくれたのだったが、実はそのときなんとこの警視は俺に『一目惚《ぼ》れ』してしまったのだという。

男に——まあ、女にもだが——『一目惚れ』されたことなんてこの二十九年の人生の中で一度もなかった俺は、百八十を越す長身の美丈夫、警視庁のエリート警視にまさか惚れられているとは全く気づかず、『張り込み』と称して俺の部屋に上がりこんできた彼を乞われるがままに泊めてやり、その夜、強引にベッドに上がり込んできた彼と、何がなんだかわからないうちに関係を持ってしまったのだった。

最初はただただ彼のペースに乗せられていただけだったはずなのに、捜査の進展とともに、いつしか俺の気持ちも彼へと傾いていった。彼の働きでその殺人事件は無事解決を見たのだったが、解決してなお事件は俺の心と身体に酷《ひど》い傷を残した。

そんな俺を心身共に支え続けてくれたのが良平で、腹を刺されて三ヶ月も入院することになった俺を毎日見舞い、退院後もずっと傍《そば》にいてくれた。彼のおかげで俺は立ち直ることができたようなものだ。

事件の最中から俺の家に『張り込み』続けていた彼は、俺が退院しても「ただいま」と、変わらず俺のアパートに毎日帰ってくるようになった。

そうこうしているうちに休みの日ごとに彼は俺の部屋に自分の服やら身の回りの品やらを運び入れ、俺のクローゼットには彼のスーツが、食器棚には二人分の食器が当たり前のように並んでいった。

もともと一人用に借りているので、いくら広めの1DKとはいえこの部屋は男二人が暮らすのには勿論《もちろん》適さない。が、良平は良平で頻繁《ひんぱん》に勃発する凶悪事件に追われ、俺は俺で復帰した仕事が日々ハードになっていき、と、二人で暮らす部屋を探しに行く時間がないために、大家が何も言わないのをいいことに、二人してこの狭い部屋で暮らしはじめてそろそろひと月が経とうとしていた。

確かに二人で暮らすには狭い部屋だったが、休みの日はともかく、平日は帰って寝るだけであるのでそれほどの不便は感じていなかったのだけど、最近になって俺は良平のある『我慢』に気づいてしまった。

というのは、少しでも部屋を広く使おうと、俺は今までテーブルと椅子を室内に置かず、飯を食べるときは、折畳式の卓袱台《ちゃぶだい》のような低い机で床に座って食べていたのだが、良平はこの『床に座る』のがどうやら苦手らしいのである。

俺の追及に彼はようやくそれを認め、昔、柔道で膝《ひざ》を痛めたためだと――因《ちな》みに良平は柔道も剣道も有段者らしい――言い難そうに告げたのだった。

「なんで早く言わないんだよ」

呆《あき》れて俺が睨むと良平は、

「せやかて、居候《いそうろう》の身やさかい」

我《わ》が儘《まま》は言われへんわ、と『一緒に風呂に入ろう』だの『飯より風呂よりベッドに行こう』だの、それどころか『きっと似合う思うから、裸にエプロンかけてみ』だの、普段は散々我が儘を言ってるくせに、ヘンなところで遠慮していたことを白状した。

毎日のことなのに我慢するのも馬鹿馬鹿しいと、彼を強引に誘って家具屋に二人用のダイニングテーブルを買いに行ったのが先週のこと。近所の家具屋、と考え、吉祥寺の大塚家具に行こうとしたのだが、既に家電の量販店になってることがわかり、それで有明まででかけていったのだった。

よく地下鉄の吊り広告でも見るその店舗は広々としていて品揃えも豊富だったが、最初に住所氏名諸々を登録させられた挙句に店員がマンツーマンでつき、『Just looking』が出来ない状況はうざったいといえばうざったかった。

「ちょっと二人で見たいんで」

と店員に告げ、ダイニングテーブルのコーナーに良平を引っ張って行こうとしたが、良平が興味を示し、逆に俺を引っ張っていったのは、それだけで俺の部屋が一杯になってしまうだろうキングサイズのベッドのコーナーだった。

「これこそ毎日のことやないか」

にやにや笑いながら良平が俺の顔を覗き込んでくる。

「馬鹿じゃないか？」

こんなでかいモン、置けるわけないだろ、と呆れてみせると、

「でも、ま、狭いベッドから転がり落ちんように、しっかり抱き合って眠る今の生活も捨て難いっちゃあ捨てがたいわなあ」

うんうんと納得しながら頷《うなず》かれ、俺は果てしなく脱力してしまった。

「これこれ、清原《きよはら》とおそろいのマットレスやて。ほんま、寝心地ええなあ。ごろちゃんもちょっと一緒に寝てみんか？」

おいで、と大仰に両手を開く彼のはしゃぎっぷりについていかれず、呆れ果てた視線を向けてやったあと、俺は一人でテーブルコーナーへと向かい、手頃な価格、手頃な大きさのテーブルを物色しはじめた。

「ほんまごろちゃん、ノリが悪いわ」

ぶつぶつこぼしながらもようやく良平もテーブル探しに参加し、これでいいか、とシンプルな木製のテーブルと椅子二脚がついたセットを購入することにした。

「見た目より全然丈夫ですから」

シンプルすぎて他に売り込むべき箇所がなかったらしいことを窺《うかが》わせる店員の言葉に頷きつつ、出来るだけ早い配送を頼んだのだったが、それが今届いた、というわけなのだ。

「考えて見たら、二人用に初めて買うたモンやね」

唇を微かに離し、良平がくす、と笑ってそんなことを囁いてきた。

「……そうか……」

本当にそうだ、と俺は彼のシャツの背を摑んだまま、肩越しに木製の小さなテーブルを振り返った。

なんとなく互いのものを持ち寄って——といおうか、彼が自分のものを持ち込んで、共同生活を始めてはいたけれど、二人で使おう、と新しく買ったのはこのテーブルが初めてなのだ。なんだか感慨深い思いが胸に込み上げてきてしまい、俺はあらためてまじまじとそのテーブルを見やった。

一緒に暮らそう——彼に初めて誘われたとき、涙が出るほど嬉《うれ》しかったのにもかかわらず、未だにこんな中途半端な『同棲生活』をしているのは、日々の忙しさに追われているのを理由に互いに易きに流れてしまっているからなのだけれど、実は俺にはそれとは別に、積極的に二人のための部屋を探しに行かれない理由があった。

俺は——自信がなかったのだ。

良平は俺を愛していると言ってくれ、その腕で力強く抱き締めてくれる。彼の言葉を疑っているわけではない。が、どうしても俺は、自分が彼に愛されるに足る人間だろうか、と思わずにはいられなかった。

俺は良平が好きだ。今まで男を好きになったことはなかったが、良平だけは別だった。彼の全てが愛しかった。端整な外見を裏切るコテコテの中身も、思いやり溢《あふ》れる優しい心根も、仕事に対する飽くなき情熱も、弱気を助け強きを挫《くじ》くその正義感も、困った者を救わずにはいられないその慈しみの心も――力強い腕も、俺を抱き込み安堵《あんど》の眠りにつかせてくれるその広い胸も、俺にとっては彼の何もかもが愛しかった。

彼と初めて会ったのは、出張に向かう新幹線の中だったのだが、本当に一目惚れをしたのは、彼ではなく俺の方だったのかもしれない、とあとになって俺はよくそう思ったものだ。

こんなにも愛しく思う彼に思われているということに俺は泣きたいほどの幸福感を覚えたが、同時に、何故《なぜ》俺なのだろうという疑問を感じずにはいられなかった。

困った者を放ってはおけない良平の義侠心が、事件に巻き込まれ心身ともに傷ついた俺を労《いた》わってくれているのではないか――その不安は、普段の生活の中では表に現れることはなかったが、ふとした拍子に俺を捕らえ、眠れない夜を過ごす要因になった。

『何でそないなこと思うかな？　ほんま、あほやなあ』

良平に言えば、そう笑い飛ばされるに違いない。彼が俺に向ける全ての仕草が、言葉が、彼も俺を愛しく思っているということを感じさせてくれているからだ。

それでも俺はどうにも自信を持つことが出来ず、自分からは積極的に『一緒に暮らそう』と誘うことが出来ないでいたのだが――。

「ごろちゃん？」

良平の呼びかけに俺は短い思考から覚め、我にかえって彼を見上げた。

「ぼんやりして……どないしたん？」

「いや……」

俺はまた、『二人用』に初めて買ったテーブルを振り返った。

こうして少しずつ——変えていけばいいのかもしれない。

不意にそんな考えが、俺の中に芽生えた。

互いに持ち寄ったものだけでは足りなくなって、こうしてモノを買い足していくことで、二人の生活がほんの少し変わるように、気持ちも少しずつ二人して歩み寄っていきながら変えていけばいいのかもしれない。

良平が俺に遠慮して、床に座るのが辛いことをなかなか言えなかったことも、俺が自分は彼に相応《ふさわ》しくないのではと愚図愚図悩んでいることも、少しずつ『二人用』の想いへと変えていけばいい。互いに遠慮や猜疑を脱ぎあい、裸の自分を晒《さら》せるように、二人してこれから歩み寄っていけばいい——それでいいんじゃないだろうか。

「ごろちゃん？」

再び俺の名を呼ぶ良平の背を俺はぎゅっと抱き締め、くちづけをねだるために顔を上げた。

「どないしたん？」

良平は首を傾《かし》げながらも、俺の求めるままに唇を落としてくれる。

「……なんでも……」

俺は微笑みながら、彼の唇の柔らかい感触を自分の唇で受け止めた。何故だか急に幸せな気持ちが胸に込み上げてきてしまい、思わず彼のシャツの背をぎゅっと摑むと、良平は唇を離し、なに？　というように顔を見下ろしてきた。

「ごろちゃん？」

「…………」

なんと答えればいいのだろう——言葉にするのはあまりに照れくさくて、また、なんでもない、と誤魔化《ごまか》しながら、再びくちづけをねだろうと首を傾げかけたとき、良平は思いもかけないことを言い、こつんと額を合わせてきた。

「……まだ気にしとるん？」

「え？」

何を言っているんだろう、と近すぎて焦点の合わない彼の瞳《ひとみ》を見返す。

「さっきのコに見られたこと……」

「あ」

すっかり忘れていた——って俺は三歩歩けば全てを忘れるニワトリか。彼の言葉を聞いた途端、先程の羞恥《しゅうち》が一気に脳裏に甦《よみがえ》り、俺は今更のようにその場で頭を抱えてしまった。

「なんや、忘れとったんかい」

そんな俺の様子に呆れた声を上げた良平だったが、不意ににやりと笑うと、

「もしかしてごろちゃん、人に見られとるほうが燃えるタイプちゃう？」

などとふざけたことを言いながら、またぎゅっと俺の尻を摑んで自分の方へと引き寄せた。

「……馬鹿じゃないか？」

軽蔑の眼差《まなざ》しを向けた俺に、冗談冗談、と良平は明るく笑っていたが、

「せや」

いきなり何を思いついたのか、俺の身体《からだ》を抱き寄せたまま、前へと——買ったばかりのテーブルの方へと足を進めた。

「なに？」

トン、と背中がテーブルにあたるところまで移動させられ、彼を見上げる。

「このテーブル、見かけによらず丈夫やっちゅう話やったなあ？」

良平はにやにや笑いながら俺の身体を軽く浮かせると、テーブルの上に俺を座らせた。

「うん？」

確かに俺が座ってもテーブルはぎしりと音もたてない。本当に丈夫だったんだな、と思いながらも、一体何をするつもりかと、俺は良平を見返した。

「試してみよか？」

良平がそう言い、俺の着ていたTシャツを捲《まく》り上げようとする。よせよ、とその手を払うと俺は彼の言葉を鸚鵡《おうむ》返しにした。

「『試す』？」

「そ。どれだけ丈夫かてね」

良平は俺の隙《すき》をついてTシャツを一気に剝《は》ぎ取ると、

「なっ」

ぎょっとし彼の手からそれを奪い取ろうとした俺の身体を、いきなりテーブルの上に押し倒した。

「良平っ」

俺が慌てて彼の胸を押し上げたのは、良平の手が今度は俺のジーンズにかかり、一気に下着ごとそれを両脚から引き抜いてしまったからだ。

あっという間に全裸にされ、真昼間の、しかも来たばかりのテーブルの上に寝転がされているというこの状況は、俺には——というか、全人類多分同じ気持ちになるだろうが——あまりに恥ずかしすぎた。

「なんだよ？」

覆いかぶさってきながら、これ以上はないというようなにやけた顔をして俺を見下ろす彼を睨む。

「まさに――『まな板の上のごろちゃん』……めちゃめちゃソソられるわ」

そんなふざけたことを言ったかと思うと、良平は俺の両脇に手を差し入れて、更に俺の身体を引き上げ、腰までテーブルの上へと乗せようとする。

「馬鹿じゃないか？」

何が『まな板の上のごろちゃん』だ、と俺は手脚をばたつかせ、彼の腕から逃れようとして暴れたが、良平はそんな俺の抵抗を易々と封じ、唇を首筋から胸へと下ろしてきた。

胸の突起を口に含まれ、舌と歯で攻められるうちに、抵抗する気力が萎《な》えてゆく。恥の概念は知り尽くしているはずなのに、まあいいか、などと思ってしまう自分に溜息をつきつつ、両手両脚から力を抜いた気配を察し、良平は顔を上げてにやりと、それはいやらしく微笑うと、俺の身体を押さえ込んでいた手を退けた。

そのままその手を俺の両脚へと滑らせて両膝の裏側を持ち、大きく脚を開かせる。テーブルの上でまるで解剖されたカエルのような姿勢をとらされている自分の姿を想像し、俺は恥ずかしさのあまり叫びだしそうになった。

「ごろちゃん……ほんま、綺麗《きれい》や」

俺を見下ろす良平の目がやけに潤んで、きらきらと輝いて見える。綺麗なのは良平の目じゃないか、と、思いながらも羞恥に耐えられず、

「やめろよ」

と彼の視線から逃れようとし、目を逸《そ》らして横を向いた。

「やめられへんわ」

くす、と笑いながら良平はまた俺に覆いかぶさり、胸へと顔を埋めてくる。両脚はまだ彼の腕の中にあり、大きく脚を開かされたままの格好が次第に辛くなってきた。良平はすぐそれを察してくれ、俺の両脚を自分の肩に乗せると、そのまま身体を下へと移動させ、勃《た》ちかかっていた俺自身を摑み、そのまま口に含んだ。

「……っ」

先端を舌で強く吸われ、形をなぞるように唇で竿を覆われ、喉の奥まで呑《の》み込まれるその快感に、俺は言葉にならない叫びを上げ、テーブルの上で身体を捩《よじ》った。

良平の力のこもった唇が何度も上下し、鈴口を割るようにして舌が先端に絡みつく。急速に自分が昂まってゆくのがわかったが、とても我慢できるものではなかった。すぐにも達してしまいそうになるのを耐えていた俺の耳に、不意にガタンという音が響いてきて、薄く目を開くと、良平が後ろに下がった弾みで椅子に身体をぶつけたらしいことがわかった。

「……ラクさせてもらうわ」

俺の視線に気づいた良平が、手を後ろに回して椅子を引き寄せ、俺の脚を担いだまままそれに腰掛ける。

「腰がキツかったさかいな……これでもうエンドレスでも大丈夫や」

中腰が辛かったのはわかるが、あからさまにそれを言われるこっちの身にもなって欲しい——などと思う余裕は、そのときの俺にはなかった。良平はまた俺をゆっくりと唇で扱《しご》き上げてゆくと、外気に晒された竿を右手で摑み、そのまま唇を離した。

びくびくと震えるそれを摑まれ、指先で先端を弄られるうちに、透明な雫《しずく》が彼の指を濡らしてゆく。良平はしばらくそうして俺の雄を弄んでいたが、やがて再び口へと含むと、今度は先走りの液で濡らした指を後ろへと伸ばしてきた。

「……んっ……」

ずぶ、と濡《ぬ》れた指が力の抜けたそこへと埋め込まれてゆく。一瞬身体を硬くした俺の力をまた抜かせようと、良平は咥《くわ》えた俺の先端に舌を絡めてきた。

びくん、と自身が大きく脈打ったと同時に、ふっと身体から力が抜けたのが自分でもわかる。良平は後ろに入れた指をぐいと奥まで差し入れると、指先を曲げてそこを抉《えぐ》った。

「……あっ……」

良平の肩の上で俺の脚が跳ね上がるのが視界に入る。我ながら凄いな、と思う間もなく、前を攻めながら後ろを激しくかき回しはじめた良平の指の動きに、俺の意識は滾《たぎ》る快楽の淵に追い落とされていった。

達してしまいそうになると良平は雄の根元をしっかり握ってそれを制した。もどかしさに耐えかね、彼を見下ろす俺と視線を絡ませながら、良平は口から俺の雄を取り出し、それを握り締めたまま先端をぺろりと舐めてみせる。

「やっ……」

羞恥が更に俺を昂め、達してしまいそうになった雄の根元を、良平が更に強い力で握る。

痛みさえ覚え、身を捩って彼の手から逃れようとするのに良平はそれを許さず、逆に俺の動きを追いかけるように身体を動かすと、後ろに入れた指で中を激しくかき回した。

「あっ……やっ……」

気づけば俺の両脚は良平の肩から外れ、今や俺は、テーブルの上で自ら半身を伏せていた。良平の指を避けるためにそのままうつ伏せになり、膝をついて前にのがれようとすると、はじめて俺の下でテーブルがぎしりと音をたてた。

「危ない」

不意に後ろから指が抜かれたと思うと、良平の手が俺の腹に伸びてきて俺の身体を自分の方へと引き寄せた。どうやら無意識のうちに随分ずり上がってしまっていたらしい。

「落ちるよ？」

「……やっ……」

指を失ったそこがもどかしさに震えていた。思わず大きく声を上げ、肩越しに振り返ってしまった俺を見て、良平が目を細めて笑った。

「……りょーかい」

そう言い、俺の背に身体を重ねてくる。と、また俺の下でテーブルがぎしりと大きな音をたてた。

「……流石《さすが》に僕は乗れんわな」

良平が苦笑し、よいしょ、と再び俺の腹へと手を回すと、俺の身体をテーブルから下ろした。自力では立っていられずテーブルに縋《すが》りつくのを、今度は腰に手を回して支えてくれながら良平は、

「調子に乗りすぎたかもしれんね………かんにんな」

と俺の耳元で囁くと、ジジ、と音を立てて自身のファスナーを下ろした。

「待っててな」

言いながら彼が、既に勃ちきっていた雄を取り出し、俺の後ろへと押し当てる。

「……あっ」

ズブズブと自分のそこが彼を呑み込んでいくのがわかった。自然と腰を浮かせて接合を深めようとしていることに気づいた途端、羞恥から素に戻ってしまい、前へと逃れようとするのを、良平は俺の身体を自分の方へと引き寄せて制し、奥深くまで彼自身を埋め込んできた。

「……恥ずかしがらんでもええやろ」

耳元で、くす、と笑った次の瞬間、良平の力強い律動が始まった。

「あっ……」

彼の雄の先端が俺の奥を抉るその快感に、堪らず背が仰《の》け反《ぞ》る。ぴたぴたと互いの身体がぶつかる音がやけに大きく俺の耳に響いた。合間に聞こえる濡れたような淫猥《いんわい》な音に、俺の雄は己の腹につくほどに屹立《きつりつ》し、誰の手も触れていないというのに先端から先走りの液を零し続ける。

テーブルについた手が震え、立っているのが辛くてその場に蹲《うずくま》ろうとすると、良平はまたも了解、とばかりに俺の腹へと腕を回し、激しく突き上げながらも俺の身体をゆっくりと床へと下ろしていった。四つん這《ば》いになり高く突き出した腰を良平が激しく攻め続ける。

「もうっ……」

我慢できない、と、大きな声で叫び、自分の腕で身体を支えきれずに崩《くず》れ落ちそうになる俺の身体を腹に回した腕で支えてくれながら、良平はもう片方の手で俺を握り、勢いよく扱き上げた。

「あぁ……っ」

前後を攻め立てるその動きに耐えられず、俺はついに彼の手の中に己の精を吐き出してしまった。どくどくと精液が零《こぼ》れ落ちるのと同時に、自分の後ろが驚くほどに激しく収縮を繰り返すのがわかる。

「うっ」

背中で良平の抑えた声がしたかと思うと、ずしりと後ろにあの重量感を——彼の精液を感じた。はあ、と大きく息を吐き出し、良平が俺の背に体重を預けてくる。

「……『まな板の上』……どうやった？」

くす、と笑いながら俺の耳朶《じだ》を噛《か》んだ良平を俺は肩越しに睨みつけたが、悪態をつけるところまで息が追いつかなかった。背中越しに聞く彼の鼓動も速い。俺たちはそうして二人、しばらく互いの呼吸が整うまで、じっと身体を重ねていた。

「……さて、と」

いつまでも上に乗っていちゃ重いだろう、と良平は気遣《きづか》ってくれたのだと思う。小さく呟くと、俺の背から身体を起そうとしたのだったが——。

「いてっ」

ゴン、という固い音とともに、良平の悲鳴が頭の上から降ってきた。

「？」

何事だ、と見上げると、テーブルの台部分の角が視界に入った。いつの間にか俺はテーブルの下に頭を突っ込んでしまっていたようだ。

行為の最中、俺に覆いかぶさろうとしたときは注意していたらしい彼も、身体を起す際にはテーブルの存在を失念していたようで、その角に思いっきり頭をぶつけてしまったらしかった。

「いたた……」

後頭部を押さえ、蹲る良平に、

「大丈夫か？」

と問いかけ、俺も身体を起そうとする。と、良平は、

「危ないよ」

と慌てたように俺の頭へと手を延ばし、テーブルにぶつけぬようガードしてくれた。

「……大丈夫か？」

その優しさに感謝しつつ、俺はテーブルを避けながらゆっくりと身体を起し、彼の後頭部へと手を当ててみる。

「瘤《こぶ》になってる……」

笑っちゃいけない、とわかっているのだけれど、思わず声が震えてしまった。

「……笑わんといてや」

珍しくも憮然とした表情の良平の顔を見てるうちに、俺はとうとう我慢ができなくなり、思いっきり彼の前で吹き出してしまった。

「ごろちゃん……笑いすぎやわ」

恨みがましく睨む良平に、ごめんごめん、と謝ると俺は、

「冷やしたほうがいいよな」

と立ち上がり、キッチンにタオルを濡らしに行った。

「はい」

絞ったタオルを手渡すと、

「おおきに」

良平は受け取ったそれで頭を冷やしながら、溜息混じりに品のないことを言い出した。

「折角ごろちゃんが今日はノリノリやから、あと二回はここでやろう思うとったんやけどなあ」

「……誰がノリノリだって？」

負傷？　してまでも口の減らない良平を俺は睨んだのだが、その瞬間、そうだ、と思いつき、最近マイブームのエセ関西弁を使い悪態をついてやった。

「バチがあたったんちゃう？」

「バチ？」

なんの？　と良平が首を傾げる。

「『こんな使い方、聞いてない』ってテーブルが怒ったんじゃないか？」

にやりと笑ってそう言うと、

「テーブルかて本望や思うわ。初乗せがごろちゃんの裸体やで？」

良平はそんな負け惜しみを言い、いてて、と瘤にタオルを当て直した。

「裸体って……」

逆に絶句してしまった俺に、良平は痛みで顔を顰《しか》めながらも、にやり、と笑いかけてくる。

「これから毎日、ここでご飯食べるたんびにごろちゃんの裸を思い出すわ」

「……馬鹿じゃないか」

それこそ負け惜しみで呟きはしたが、自分もこのテーブルにつくたびに、良平の腕の中で乱れに乱れた行為を思い出してしまうだろうということは、いやでも想像がついてしまう。

「ほんまにもうノリノリで、テーブルから落ちそうにもなっとったしねぇ」

にまにまと笑いながら追い討ちをかけてくる良平を睨んではみたものの、俺は思わずテーブルを振り返り、はあぁ、と大きく溜息をついた。

「ええやないか。はじめて『二人で』使うために買うたモノなんやし」

「『使う』の意味が違うだろーが！」

「店員さんの言うたとおり、丈夫やったしね」

「……あのねえ」

再び溜息をつきながら良平と顔を合わせた俺の胸には、口調とは裏腹に温かな思いが広がってゆく。

『二人で』か――。

これからこの『二人で』が、日常の中でだんだんと増えてゆくのだろう。互いに遠慮を脱ぎあい、思うこと全てを話し合い――少しずつ日常が『二人の』ものになってゆく、そう考えるだけで頰が自然と緩んでしまう。

「作りもほんま、丈夫やわ。目の前で火花散ったしな」

「馬鹿」

いてて、と顔を歪《ゆが》めて瘤を押さえた良平を、俺は笑いながら抱き締め、彼の唇に自分の唇を押し当てた。と、あんなに痛がっていたはずの良平は頭から手を退けたかと思うと、その手で俺の背を力一杯抱き締めてくる。

「……大丈夫か？」

そっと彼の頭の後ろを撫《な》ぜると、まだ瘤は大きなままだった。

「ごろちゃんの『チュウ』で痛みも吹っ飛んだわ」

良平はそう笑うと、もいっかい、と目を閉じ唇を突き出してきた。

「うそつき」

言いながら俺は瘤を軽く押してやった。途端に、いててて、と悲鳴をあげた良平が、恨みがましい目で俺を睨む。

「ひどいわ」

「ごめんごめん」

笑いながら俺は再び彼の唇を塞いだ。軽いキスのつもりが良平に頭を後ろから抑えられ、息苦しいほどの深いくちづけになってゆく。思わず彼の背に回した手を解いて身体を離そうとすると、良平が上目遣いで俺を見やり、こう囁いてきた。

「ほんまに痛みも吹っ飛ぶんやで？」

「ふうん」

その言葉を勿論信じたわけじゃない。が、俺は良平が促すままに再び彼を抱き締めると、貪《むさぼ》るようなくちづけを交わしはじめた。

彼と過ごすこの時間《とき》を『二人で』目一杯楽しむために――。

✦初出　罪なくちづけ……個人サイト掲載作品「見果てぬ夢」(2002年3月)
を改題
それから…………アイノベルズ「罪なくちづけ」(2002年10月)
コミック…………描き下ろし
together…………同人誌掲載作品(2002年10月)

愁堂れな先生、陸裕千景子先生へのお便り、本作品に関するご意見、ご感想などは
〒151-0051 東京都渋谷区千駄ヶ谷4-9-7
幻冬舎コミックス　ルチル文庫「罪なくちづけ」係まで。

幻冬舎ルチル文庫

罪なくちづけ

2010年7月20日　第1刷発行
2014年3月20日　第2刷発行

✦著者　愁堂れな　しゅうどう れな

✦発行人　伊藤嘉彦

✦発行元　株式会社 幻冬舎コミックス
〒151-0051 東京都渋谷区千駄ヶ谷4-9-7
電話 03(5411)6432[編集]

✦発売元　株式会社 幻冬舎
〒151-0051 東京都渋谷区千駄ヶ谷4-9-7
電話 03(5411)6222[営業]
振替 00120-8-767643

✦印刷・製本所　中央精版印刷株式会社

✦検印廃止

ISBN978-4-344-82001-2　C0193　Printed in Japan